陳繁齊

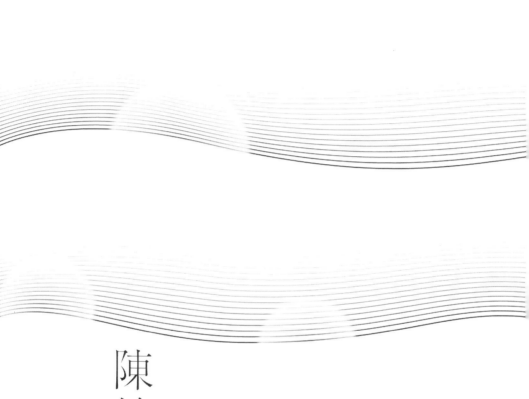

在和你說話

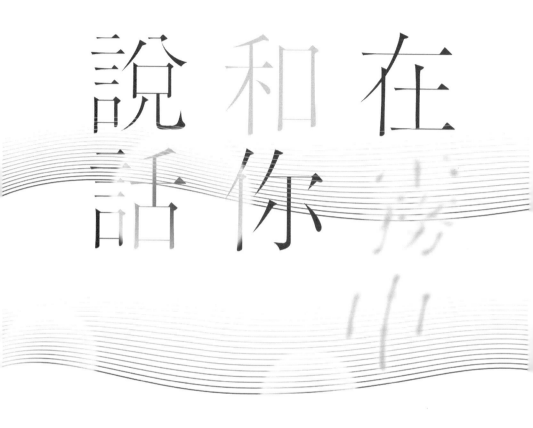

以文字建構理解彼此的途徑

寫歌詞也是一種被委託。
想像唱的人、想像聽的人。
不確定能夠完全理解，
但不斷碰觸與推翻也建構了另一條管道。
讀繁齊新書，如看自己歌詞的誕生，
我們都在他人身上呈現與賦予自己，
期盼自己能回饋他人任何微薄的，
以文字的形式。

——作詞人 **葛大為**

（按來稿順序排列）

在文字縫隙間認出自己

大膽嘗試的體裁，讓閱讀滿足一種縫隙間窺視的快感，一本讓你忍不住複習自己的工具書。

——創作歌手 **李友廷**

一封封給過去、未來的信

《在霧中和你說話》是一本超越年齡的書。我覺得自己十三、十四歲中學時候的傷心或者害怕，在書裡有個大人帶來了寬容的理解；我也能夠想像自己三十歲以後遇到的疑難雜症，已經有個少年在那裡等著我，告訴我一切都沒那麼複雜。

——作家 **翁禎翊**

輕輕安撫你的傷

通篇都採第一人稱，害我一不小心就在裡面遇到很多個自己，繁齊的文字乾爽俐落，卻像霧氣一樣，輕輕一擰就能擰出水，擠出來的水分他不輕視，卻也不留戀。「該流走的就流走吧。」這本書像是有人用這樣的態度輕輕安撫你的傷。

——插畫家 **盈青**

不靠近的溫柔，最溫柔

陳繁齊總是把溫柔寫得很淡、很遠。

懸而未決的想念、先知先覺的寂寥，在一個又一個的樹洞中泛淚失焦，然後以問號餵養問號，以未完餵養未完。

每一場霧散都應該要有待續，但不知道為什麼卻揮手告別。最不捨的《孩子》，最哀傷的《健忘的人》，所有人身上都有一道傷口，但卻只容許愛人的那個人痛。

繁齊他看穿那些不靠近的溫柔，疏離的纏綿、淡漠的依戀，把所有最沉重的孤獨，用字吹成輕巧薄透的玻璃，一邊心不在焉地旋轉著，一邊讓炙火燄燄燒著。

是不是應該把所有的相遇摔碎，才會是最美的結局？

——作家 **山女孩Kit**

我親愛的樹洞

忘記到底是從什麼時候開始，一回過神來，已經在社群上面創立了許多帳號，有象徵著不同身分的、也有近乎隱姓埋名的「小帳」。我想我使用小帳的方式並無異於其他人，有時候，我會用它迴避任何可能留下的瀏覽紀錄，用一個陌生人的姿態，經過所有與我有關的地方；有時候，我會默默地在無人觀看的動態裡說話，在幾天後再獨自回頭讀它。有時，僅僅是看著帳號列表裡有它的存在，我就有一種莫名的安全感。

然而這些不知從何而生的安全感，又讓我常常問自己，我是由於可以永遠不被發現而感到安全，還是因為自己對於被發現仍擁有選擇的能力，才進而感覺到安全？當我慢慢地、自私地開始在自己一部份的創作裡留下過去的線索時，我才理解到社群又或是人際，終究像是一場躲貓貓或尋寶遊戲——隱藏與發現，在那些遊戲裡，會不會存在著一種幽微而從沒有人達到的平衡？

而這本書裡一則則的委託，就像是提供了躲藏的地點吧。我將自己的社群與身分，想像成了一座森林，裡面有著一個個隱密但能夠輕易進出的樹洞。有人把想說的話積成落葉堆放進洞裡，有人在洞裡擺了鏡子照照自己的模樣，有人彎身藏了進去，可能至今仍未出來。但那並不要緊，我想，並不是每個參與躲貓貓的人都想要被找到，有時不過是想要躲起來，躲到一個非常安靜的某個以後。

雖然，樹洞裡的那些話語無論有沒有傳達到，霧終究是不會散開了，我們能夠做的，是把話說完，然後，慢慢地退開這片霧。在霧中所說的，並不是「我要離開了」或是「一切結束了」，而是「我還在這裡」——我親愛的樹洞，你大可以在此時閉上眼睛，無論多久都沒有問題，你要知道，獨自一人的時候，嘴說出來是傾聽，耳朵才是回答。而沒有人在尋找自己，就意味著自己隨時可以選擇出來的時刻。

目錄

chapter / 1

在霧中和你說話

chapter / 2

在霧外為你說話

chapter

/

1

在霧中 和你說話

曾經

記得最後一次見你，是在久沒聯絡後，一次你突然傳訊，找我陪你出去玩。後來我們去了著名的雨都，也正巧碰上了午後雷雨，誇張地，甚至延展到了將近晚上才停止。雨停之後迫不及待去夜市繞了一圈，卻幾乎沒吃些什麼，才覺得那等候大雨的近兩個小時，有些不值；就像我們早晨繞了海岸線，但都沒有說太多的話。

我們從什麼時候開始不說話的，在社群網站上或在通訊軟體上，我記不清楚。離開前我們在刻意搭建的木棧道靠著欄杆聽歌，你的眼睛正好被身後大型連鎖餐廳的燈覆蓋了，也變得好不清楚。發現一個人變遠總是突然的事，生活的煩擾一把感性的心搪塞了，就失去溫度與感知。那些會刺痛的情節都像瓶子裡的冰，融成水了才倒出來。

將近午夜的時候送你回民權西路，你把安全帽拿著遲遲沒有給我，只是低頭。我們有什麼變了吧，你說。語氣像是有東西被捏死了。人隨時都在變，沒有改變有時候反而還有點恐怖，我回答。你把機車鑰匙轉了，要我陪你走回公寓。

最後一盞你住所旁的路燈很孤單，我站在影子最短的地方看你，看你從階梯上變小，變得越來越適合背景。我想起我們第一次碰頭是去松菸，在一旁的超商買了草莓冰淇淋買一送一，那該是什麼味道，怎麼也想不起來，應該是很快樂，但都沒有了。

∴

「曾經要好的友誼在一兩年相隔後，彷彿變了完全不同的樣子，明明人還是我認識的人啊，我曾經那麼喜歡他，為什麼能在幾年後的一次出遊裡，徹底被推翻呢？」

#給H

知道

我很喜歡妳穿長裙的樣子，非常喜歡，妳知道嗎？

那一次是正午，我們約好一起午餐，妳從遠遠大樓門口發散的人群裡特別顯眼，盤起的長髮、簡單的白色上衣、黑色長裙以及高筒帆布鞋，那是妳第一次，也是唯一一次穿著長裙，在記憶裡。我說很美，妳頑皮地笑了，妳說，是夜市買的，很便宜。是妳好看，我沒有說出來。

為什麼後來都不穿長裙了呢？我曾經問過妳一次，但妳沒有太認真回答，而是半逗著我說，因為太好看了，只能久久穿一次。直到現在已經生疏多年，這個問題仍然沒有獲得解答。從社群網站上正好看見妳的照片，是件酒紅色的素面長裙，我又想起了這個問題。我甚至陸續想起許多未解的疑問，腦海中的妳突然缺了好幾塊，但又被妳的笑容蓋住了。

其實也不是太重要吧，甚至可能也不會是個太有道理的答案，也許純粹只是喜歡與討厭之別，或是一些更粗淺的。但那好像就是我們的距離，硬生生大剌剌地亮在我面前：有一些事，我不會知道。而我也總是不善於究底的，怕妳不想說，怕我不該聽。太多的同理心，就是把自己縮得很小很小，小到那些攸關自己的事通通都看不見，只會在悲傷的時候想起。

所以關於妳的記憶，就和那些問題纏在一起了，除非碰巧，大概永遠不會再提及。它們終究成為了一片遙遠的毛玻璃，遠遠的我站在這裡看著，總以為是積塵，也從沒放掉想要上前擦拭的念頭。

∴

「我們曾經交往過一陣子，但在交往期間她總是保持神祕，作為她當時的男友有時候莫名地慚愧，當和朋友閒談起她，我一無所知得像個外人，還被朋友虧說『到底有沒有在跟她交往』。在交往結束之後，還常常會想起這些無關緊要的問題，甚至想要知道答案……但是不是當時或此刻知道答案，都沒什麼意義呢？」

#給R

生日快樂

我偷偷把你的生日記下來了，當時你只是隨意說著十月的安排，我也正好寫著行事曆，就在空格填上你的名字。

其實你是很遠的，記下來了，也不知道有沒有辦法把這「生日快樂」四個字的祝福傳達到，更嚴格一點說，是能不能傳進你的心裡，讓你真的因為這句祝福而快樂，儘管我知道快樂的原因很多種，而我可能只是出於意外或是新奇的那一種。

是吧，遠道而來的祝福總是特別讓人欣喜的，像是越洋的明信片，或是註定被時差與國際信件的作業時間惡作劇、卻仍然堅持的各種祝賀。而如果寄丟了呢，往往只是寄送的人特別悵惘；和收件者說了，約莫就是些沒關係，心意已經收到的話。但真的收到心意了嗎？

我想你是不會找我過生日的，而我也並不善於和誰過特別重要的日子——對你而言。同時我也害怕著祝福只是祝福，害怕面對你註定的遺失與不被在意。所以不說那些了。

我希望你那天特別快樂，不是一定要因為生日。

∴

「我想要祝福一個喜歡但沒有可能的人生日快樂。但希望又不只是生日快樂。」

#給Y

變舊

你送的牛皮短夾舊了，仔細數起來應該有四年，在百般呵護下終於舊了。偶爾我覺得它是在我們決定分開那一刻就變舊了。

水碰到它光滑的皮面總是會有印，但其實不要太過分地沾染，它挺快都會回復原本的褐色。「ㄏㄜˊ」，那時候你糾正我，不是「ㄏㄜˋ」嗎，我說。於是我們爭論起來，隔著燒烤店中間高高的石爐與不停散發的肉香。但是沒有結果，發現讀音好像比愛情還善變，應付地把一塊烤得正好的五花肉放在你的碟子上，我們都笑了。我把皮夾收進一整套精緻的包裝裡，和生日賀卡一同裝回紙袋裡。你看著灰色鐵盒上的品牌標誌，頑皮地又讀了一次，因為我也曾讀錯。

有一次騎車下著大雨，我將手機與皮夾都擺進防水袋裡，以為一切都保護好了。結果車程結束後打開才發現，防水袋沒有鏈緊，許多雨水從漏口流了進去，整個皮夾變成近乎黑色，裡頭的證件也一片混亂，心情糟透了，卻也只能將它盡量擦拭後晾著，倒頭就睡。隔天醒來狀況所幸沒有太差，仍然是回歸到那個熟悉的褐色，是觸感微微變粗糙了些。才突然感覺到被這個皮夾徹底譏諷了一番，發現在我們的關係上，我總以為深色的漬塊只是水，殊不知自己不慎滴上的其實是墨。

我記得L有次因無聊而把玩著我的短夾，我和L說，這是很久之前你送的生日禮。很好看，只是舊了。L滿不在乎地說。後來有個機會，L也送了一只皮夾，沒有特別說明，但我知道L的意思。只是告別永遠不是如替代那麼簡單。他知道你還用著嗎，L問。不知道吧。我猜。

站在各式皮夾的展示櫃前，我看得恍了神。告別，告別。告別是這樣的，是一再地小心翼翼去善待它，是梳理一隻其實脾氣不壞的野獸，它們最後都以最穩當的姿態淡出。告別。告別不是夕陽與港口，也不是含淚說著再見，告別是那個人留給你的最後一個樣子，一道沒有回頭的背影，一件不會再說話的禮物。

∴

「我把他最後送我的東西弄壞了，覺得好難過，但難過完突然又有點釋懷，是不是命運已經默默地幫我告別他了呢？」

#給R

聽眾

我喜歡唱，你喜歡聽。

起初是為了準備一場演出，當時知道你也特別喜愛唱歌，有時相處總會半玩笑地哼個幾句，但若是我也搭唱，你總會越唱越開，所以決定請你幫我聽聽演出練習的狀況。你的評論都不會太深入，大致上就是好聽與不好聽，剛剛哪個詞哪句感到揪心。

之後也就習慣給你聽歌。正好我們大學待的教室常常在課後是空堂，課堂一結束就把放在教室最後面的吉他拿出來，調音，練習特定的歌曲，或者只是隨便唱唱。而你也會坐在一旁，可能是滑手機或寫些什麼，但偶爾也會跟著旋律輕哼，或停下來拍手。剛剛很棒，你說。然後我們就去吃午餐，或是晚餐。

最難忘的是有時碰不到面，我在家裡傳訊給你說，我現在要練歌了，你就馬上撥了網路電話給我。接起來，都會聽見宿舍裡其他人說話的聲音，但我也就自顧自地開始，唱完一首，閒聊了幾句，再接著下一首。

後來才發現那也許是需要耐心的一件事——聽一個人唱歌，和聽一個人說話，是有些相似的。但不再熱絡以後，卻也不知道從何跟你說起謝謝，你知道嗎，那當真是如同忠實聽眾，如果是在舞台上，就是看見你坐在客席中格外耀眼，就算整場演出都只有你一個聽眾，其實整場演出只要有你在台下聽著，我好像就能夠在台上繼續待下去。

∴

「想要謝謝一個在成長過程裡，對我非常有耐心的摯友，雖然畢業後幾乎沒什麼聯絡，但想起過去的時光，還是很後悔沒有好好向他道謝。」

#給L

過期

每一次經過那條捷運長廊，就會想起你，想起那次突然撞見你摟著身旁一位男性的臂，兩人玩笑似地跌跌撞撞，從我眼前到身後。我回頭確認了一下你們的雙手，像在確認謊言。

有時細心照料的盆栽枯了、寵物死了，人們大哭，接著有些人再也經不起疼痛，有些人則是重新開始，試著用另一段快樂來掩蓋疼痛，就和對待感情一樣。後者是錯的嗎，或者說，多久的離開與重建才不算是背叛？我不小心落入尋找原罪的窠臼中。但其實沒有誰不對，向光的人覺得背光的人太暗了，就只是那樣而已，對吧。

後來反覆讀你寫的最後一封信，仍讀不出釋懷。那封信裡你又坦承了許多事，卻感覺有些諷刺。別離的前一刻總是人們最親近的時候。而當時的我們，曾說了這麼多的祕密與生活來讓彼此接近，最後卻只因為沒說一件事，感覺就變得好遠好遠。

但也許你的感情更迭並不真的是重要的事，也不是多難的事，像是傍晚那樣地走在捷運站裡，最後也能夠略知一二；甚至沒有巧遇，可能某天也會在龐雜的社群網絡裡，發現你悄悄地將狀態更動。然而聽你說，仍然具有意義。嘴是巨大的容器，但我們只是沉默，所以後來一切都過期了。

∴

「在路上看到幾個月前曖昧的對象有了新的情人，有一種矛盾而混亂的感受，理性告訴我，我們在那個當下就結束了，沒什麼背叛可言，也不可能真的去規範什麼，對方並沒有義務要告訴我；但是感性又讓我感覺內心缺了好大一塊，為什麼呢。」

#給S

睡了嗎

你是否已經睡了？

以前總以為自己是善於等待的，但後來明白自己只是善於不求解。有很多很多的問題與不確定在我們之間，我們比夜還要陌生，所以才不常在睡前說話，是吧。

我習慣猜測你入睡的時間，想像黑暗一點一點把你的臉龐包覆，想像一扇窗戶變得更加寂靜，想像你是影子，影子是你。那是沒有解答的猜測，就算隔天談起，也都只是「很早睡」或「很晚睡」那樣含糊的程度副詞；事實上我也從來不是要獲得答案，只是希望我闔上雙眼前，你已經睡著。

冬日的台北夜裡總是下雨。你的窗外也是充滿雨聲嗎，聽起來非常脆弱的那種雨聲，好像整個冬天都要在短短一夜裡被用盡，接著醒來自己仍然是空蕩，甚至比昨日更無所適從。

以前讀書讀到關於失眠的一種說法，它說失眠是因為對該日還不夠滿足，所以還不肯鬆懈。可能是那樣吧，我的眼眶裝滿了問句，那些都是未完成的事，我知道不能再堆疊了，它們會讓我下次無法好好看你。所以，你睡了嗎，睡了嗎。要是已經睡了，我就可以感到欣慰，但也有寂寞。

∴

「想要問思慕的人一句『你睡了嗎？』，但這句話在我們的關係裡又尚為唐突。可是，我真的真的好喜歡他。」

#給V

居留

你還住在那嗎？我記得是兩層樓的小房，房外是狹窄的長廊，再來才是大門。我沒進去過，總是在大門這裡看你回去，看你慢慢隱沒在盡頭的小門。即使曾有幾次你分享了房間佈置的照片，我仍然難以猜想出視線之外的你，是如何地存在。幾年過去了，你不住在那了吧。

前天整理房間，發現一只無任何標註的信封，打開才發現是你寫的，字跡凌亂，說是臨時起意而寫的。該是讀過它了，封口的貼紙已經被撕過一次，但卻對裡頭的字不太有印象，只能研判出當時的我們很危急，危急地面對擁有彼此之前所必須挑戰的不安。危急之後，我們都沒有做決定。現在信讀起來都像火焰，像烙上去的，痛是多麼輕易就能聯想。雖然只是聯想。

其實已經隔了好久了，我們在社群網站上延續的情誼若有似無，儘管你是很直率的人，偶爾傳些訊息來，有些是恭喜，有些是打氣，有些是想念。有一次我竟然見外地問你，怎麼還對我這麼好？「走進我心的人，我永遠不會趕他出去。」你說。

也許就是因為一直待在那裡，才那麼顯得像外人，就算沒有人否定我，我也總是感到無所適從。心那麼大，該在哪裡呢，我知道你細心，早已把鑰匙留給我，留給那扇只有我能開的門；甚至你關上的每扇門都沒有上鎖，但我只是打不開。

∴

「互相喜歡過但沒結果的人，在關係結束後卻還是對我如一，我很感激，但也常常覺得不知所措，覺得自己不上不下，也不知道要不要解決這個處境。只是後來回去看當初的訊息紀錄，覺得好難過。」

#給D

記得

我記得妳笑的時候會伴隨咯咯聲，我們第一次聊天時我就被妳的笑聲逗樂。妳有很漂亮的酒窩和雀斑。那時妳的鏡框並不適合妳，妳不應該戴著那麼冰冷的金屬色。中午時妳常要我跟著妳走，我就一直看著妳後腦勺的馬尾規律地擺盪。

我記得有次我們在湖的另一側拍了許多照片，那天風很大，幾乎不像夏天，整段路程妳都拉緊那件粉色的外套。其實重感冒了，下午還是點了一杯冰沙，上面是一球香草冰淇淋，和許多彩色巧克力米，我看了和妳說，小時候吃蛋糕最喜歡吃這個。

我記得妳的帳號、電話和生日，儘管有點不確定，還偷偷循著社群上的線索確認了一次。卻不記得那些都是傷，而我還喜孜孜地展示傷口。多年以後，為了回應妳的驚訝，差點暴露地和妳說一直都記得，但最終在喉嚨哽住了，發現自己在妳面前是多麼孤獨。

而我不想記得妳是怎麼回應我的孤獨。像是隔著玻璃在妳面前演示我的消逝，而妳卻不曾伸手嘗試觸碰。但妳沒有錯，我並不怪妳，是我不該讓自己如此拙劣地滅亡。

∴

「你知道嗎，在分手後還記得越多事情的人，就會越孤獨。」

#給T

同理是什麼?那幾年妳在身旁常扮演著負責緩頰的角色，想起以前在同儕之間，曾被冠上「偏激」的形容，我以為後來的我已經修正許多了，但無論什麼情況，妳的應對總是比我還要再體面些。妳這麼好，要是遇到尖銳的人怎麼辦，我說。我總是怕妳受傷。

後來我常常用妳的思維，去想一些生活的難題。我甚至以為我已經練習成功很多次了，包含去剖析所有關於去留與生死的問題。我以為得失心是可以經過訓練變得越來越輕的。但我卻仍忍不住對妳輕生的念頭有點生氣——我知道那是不對的。但很慚愧地，我真的很捨不得。

記得幾年前，我總會順路開車去誠品接妳下班，那時候我們常聊未來，妳說妳畢業後要做什麼，我說我退伍後怎麼規劃。我好喜歡那幾個下著大雨的夜，我和妳說，這樣的談話令我對生活感到寬闊，即使身分如此局限，「We are infinity.」接著我們會用破爛的擬聲七零八落地唱著David Bowie的Heroes。

我還記得哦。記得我們的無限。記得那個柔軟的妳。

我很抱歉我總是怕妳受傷，我錯了，世界上哪有不會受傷的人，只有不承接傷痛的人。只是多麼心疼親愛的妳，那樣勇敢地去承受，卻把生命的重也一起承下來了。

∴

「我的好朋友在我們情誼漸淡之後得了憂鬱症。無法給她實質幫助的我，看著她在社群裡的一舉一動，都覺得她好勇敢好勇敢。但是我知道她不只需要勇敢。」

#給親愛的L

花火節

進入夏季了，換算起你離開的日子，也要滿一年了。一年是已經能算計為很久的意思。多久？如果有人說自己失眠一週和一年了，聽的人總會覺得後者更接近死亡吧。一年是三百六十五又四分之一日，有時候我想，那幾乎無法感見的四分之一並非均分於每日，而是埋伏在某個我沒能睡著的夜晚。一年是，你過了一次生日，儘管你並沒有因為缺少我的祝福而感覺到不完整。想到這裡，才意識到自己不過是指望能夠傷害你的能力。

「那很像是小時候捏人。在捏的時候一邊加重力道、一邊問：『這樣呢？那這樣呢？』然後總要對方反應好了好了會痛，手指才會鬆開。」他敘述起傷害欲時說了這個比喻。傷害欲，他脫口而出的詞。並不是真的要弄痛對方，只是渴求對方的回應，他說。尤其在束手無策的時候吧，我想。

今年的煙火是否能照常舉辦呢？我又開始核對過去的日子了——在你即將也變成「很久」的人之前，我只是想起了你，不斷地用未來接收到的答案，對你給過的題目。不知道你是否也有過邊寫講義邊對答案的童年？那並不是偷懶，答案都寫了，只是對自己沒有自信，於是寫一題對一題，直到寫到某題終於把握十足，才把停留在答案頁的手指收回來。而我只是在等著那樣的時刻。

∴

「她消失在生活裡要一年了，去年這個時候，我們一起去看了煙火，看煙火的時候我想了很多關於我們的事，最後都沒能實踐。」

#給P

後來

「抬頭」這個動作，可以想起星星、想起天空、想起煙火……想起你。想起後來的煙火雖然沒能如期，也還是在隔週結束了。那天傍晚，我一直處於不知是否該去的猶疑狀態。我以為散落在各地的記憶，必須在關係結束後再前往一次，才可能收得乾淨。但最後我沒有。只是用畢晚餐、忽略了任何打卡或現場轉播的消息，便將一天睡去。

我也忽略了那晚你是否有去看煙火綻放。想到這裡，就想起你總是在我面前說些充滿靈性又穩重的感情觀，你和我才不一樣，那麼猜想即使你去了，也不會是像我一樣，為了撿拾什麼吧。

而那一天也真的就這樣睡去了。情人節也好、花火節也好，甚至更近更遠的生日跨年都好，我發現就算我不參與，它們也如常地發生；我不該把自己想得太過重要，在時間面前、在世界面前都是。在你面前也是。

或許是那個發現的當下，開始決定要振作生活，好好擔任自己的微小。

∴

「後來煙火延期了，好像賞了記憶一個巨大的巴掌，連讓我精準地悲傷的機會都不給。這個時候，我覺得自己好渺小好渺小，小到快要忘記自己喜歡過她。」

#給P

chapter / 2

在霧外為你說話

緩慢的道別

不知道你能否明白有一種想念是反覆聽一首歌無數次。在一趟通勤的總和裡、一個無人打擾的下午，或是睡前放在耳邊徹夜播放。好像那些記憶是纖長而紊亂的，需要手指叉進其中，一搓搓地順直。有時也僅是因為你所擁有的不會再多了，但當下卻非常需要陪伴，或只是希望有人抱你，所以聽歌。聽歌的時候，想像力總是能豐富起來，豐富到你不擁有什麼也沒有關係。

一首傷心的情歌總是可以讓我想起很多事情——或者應該說，就這麼多了嗎？聽越多次，它給我的東西似乎越來越少了，自己彷彿是個有瑕疵的容器，感傷也好思念也好，從一個未明的地方慢慢漏掉。我再也無法循線找回第一次痛哭的時刻了，但我還記得痛哭的感覺，我記得淚痕，記得浸溼的枕頭套與被單。我只是沒辦法確定自己曾經那麼傷心。

所以，我也希望你能夠理解，有時我是多麼用力才按下了跳過歌曲的按鍵，也許比聽歌的時候還要用力，幾乎是把自己一部分的靈魂釋放了。我的意思並不是它原本被囚禁。或是困死、或是壓縮。它只是曾因為害怕毀壞什麼，而在原處待著，像腳絆著了電線，擔心拆壞什麼器材，所以收回前腳、蹲下，用雙手整理好一條條線材。就算最後仍不清楚哪條線屬於哪組電器。或是像那種惱人的、服貼在紙質的黏膠，我們總是撕得很慢很慢，即使最終還是會撕壞。

或者，就只是像你還牽著我，所以我還沒離開。

「我還留著前男友送我的東西，而且平常都會用到。有鞋子、項鍊、皮包、詩集……甚至還有一些貼身衣物，每次用到這些東西還是會想到他。你能讓他知道留著這些東西的意義嗎？或是讓我知道也可以，因為我也不確定這代表什麼，就只是一直留著用沒特別丟掉。」

相似

在咖啡店裡看見了一個與你非常相像的人。短頭髮、笑起來有梨渦、聲音也像是玩具一樣。坐在最靠近收銀台的位置，我看著他和老闆閒聊、打開皮質錢包、結帳。我發現此刻的金額若是和我們曾經吃過的任何一餐的價錢相同，都會讓我緊張。

原來想念這麼廉價。這麼容易與人疊合。

你曾跟我說過你有天要來店裡。不知道後來你有沒有來呢，我突然感覺：就算我二十四小時都待在這裡——就算我是店長好了，也不會碰到你，你來的時候，我可能還沒開店、還是在後台廚房、還是出去倒垃圾了。誰知道呢。

未來的我會不會為了等你出現而開了一間像樣的店？我總是不敢說些等待的誑語，因為我知道有時候願意等待只是因為走得比較慢。只是過了好幾年回頭看，才發現身旁的一切都在消失。消失，不是失去。會感覺到失去是因為自己試圖去擁有。而我若真開了間店等你，也只是希望等你的時候，有什麼可以和我一起老去。你不一定要來。

委託・02

「我之前去了我們曾經約好要一起去的海岸，到了以後，我不知道為什麼一直找他，明明知道他不可能在這裡，看著看著突然覺得每個人都長得跟他好像。請幫我讓他知道，我去過了，也找過他了，那天的最後我很快樂。」

#給夊

痕跡

後來我搬家了。嗯，也許是好萊塢電影演的片段，但沒有好看的皮箱、沒有情緒剛好的背景音樂、沒有長大衣。我只是像要把你從心裡移出來那樣、先把自己挪出居所的空殼。移出夢的輿圖。或是不去你喜歡的古著店、不聽你喜歡的樂團、不看你的照片。

那些習慣都太久了，久到彷彿生長在身體上一樣——難怪一個極度思念他人的人，儀容才會凌亂不堪嗎？開始分出身體的日子裡，我竟然也開始迷信「考試前不可以剪頭髮、剪指甲」的說法：如果記憶真的有部分存放在那些微小的地方，似乎也是滿合理的。頭髮掉多了會堵排水口。指甲落地了會螫腳底。

有朋友碎嘴說，我即使硬性脫離了關於你的外物，心裡若還持續想著，那也沒什麼用。但是我想問，「想起自己不再想起你了」，是否也是想起你的一種呢？這始終是弔詭而矛盾的問題；還是，我們其實都搞錯了，思念本身並不是它在不在那裡，而是它有沒有留下痕跡。

所以我才搬走了，即使你早就不住在那裡。不走那幾條路，迴避了你給我痕跡的任何機會，也避免自己去採取痕跡。也許真的沒什麼用吧，我是說，也許忘記就是做盡只有一點點用處的事情。

我深信有天我會買回我們共同喜愛的檯燈，然後堅定地看著它，知道這裡只有我自己了。

委託 · 03

「請你教我怎麼忘記一個已經不愛我的他。」

語彙

忘記在哪裡讀過的內容說，只要一對戀人在吵架時，選擇一個共同不熟悉的語言，就能夠降低爭吵的激烈。因為他們找不到更精準的詞語來傳達自己的情感，即使找到了，經過轉譯，也會讓情緒的強度降低。

那麼，愛也是一種語言嗎？我是說，對於一個初次行使愛的人來說，是多麼困難：不知怎麼面對親吻、不知如何養護掌心的觸感、不知該想念一個人多少。這些事也有文法、也有詞性的變化嗎？回想起你在身旁的日子，我只是像個孩子一樣表達自己——甚至像是年紀小初學英語時對異國戀人的想像：以為跨國的戀愛只要學會對方語言裡的我愛你就好了。直到後來才發現，不是的，不是這樣的，愛其實是要持續用我愛你以外的字詞及行為來證明的，那才是困難的地方。

即使那是很後來的後來，我已經習得更多語彙的後來。措辭再也不需要停斷的後來，描述起你，我會說，幸運，我會說，謝謝。我會說你是教會我字母的人，你知道，那和教會字彙是全然不同的。

我知道我們若再相遇，會用更完整的句子交談，即使不談愛。我知道你會。

委託 · 04

「我想告訴我的初戀男友，我已經好了；想起你都只剩快樂的回憶，希望你也是。」

#給山

❐

鑰匙很重要、錢包很重要、手機很重要。明明只要裝進背包裡就好，卻還是會忘記帶上。

愛一個人是多簡單的事，簡單到我們總是粗心做錯。

委託 · 05

「我想要收到一則memo，可以貼在書桌上或電腦前，不斷提醒我。我只是在這幾天突然想到我們一年前吵架的內容，現在覺得一切都好好笑，怎麼會為那樣的事吵架，又怎麼會為那樣的事分開。明明都很在乎對方，卻還是分開了。為什麼呢，好希望收到的這則memo可以給我一個說法。」

#給自己

孩子

好希望妳知道我是初次走出房間的那種孩子。看過的事物很少，但看得很久；會去問：花為什麼是花，蝴蝶為什麼是蝴蝶。會在大街上因為改裝車引擎而嚇得不知所措。會深信一雙緊緊牽住我的手。會非常用力地喜歡一個人，雖然不一定說得出喜歡是什麼。

好希望妳知道我是害怕就會躲進衣櫃的那種孩子。即使衣櫃比外面還要黑暗，但是堆積著準備過冬的柔軟毛衣，還有棉質長衣的香氣。我可以把衣櫃裡弄得很亂很亂，不會有人告訴我：你不可以那樣做。也不會有人不喜歡我。

好希望妳知道我還是連話都說不好的那種孩子。那種拎著午餐錢、跑去合作社買二十元巧克力來聊表心意的孩子。我讀過許多言情小說，卻不敢把它的內容唸出來；我會牢牢記住一個很美很美的詞，把它和心裡的人放在一起，但從不讓對方知道。

好希望妳知道我喜歡妳，不是孩子的那種喜歡，即使我可能還是個孩子。即使為了面對這份喜歡，我已經逐漸不再是孩子。

委託 · 06

「我很喜歡一位女老師，但因為身分與性別的關係（女老師與女學生），讓我明白我們之間的障礙，也害怕被她發現我內心的情愫，害怕被她發現我喜歡的是同性。但是，仍然好想讓她知道我的心意，讓她知道每次相處其實我的內心都很激動，同時又一直努力在壓抑這樣禁忌的情感。」

#給小花的朋友

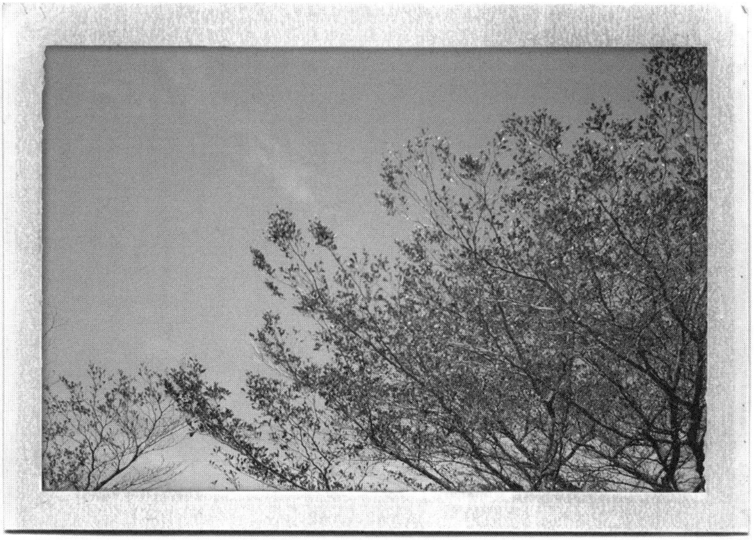

答案

細野晴臣曾說：最好看的電影是還沒有看的電影；最好聽的歌是還沒有聽到的歌。那是否意味著所有被揭露的答案都是醜陋的呢？又或是，所有未解的都相對美好？聽說有一派人便是那麼沉浸於提問的樂趣，丟出一個問題讓對方絞盡腦汁，但其實一點也不在乎答案。或是，不想知道答案。

那我想不想知道答案呢？每一次我問你問題時，都感覺你好陌生，好像變成一個我完全不了解的人，我必須藉由這些問題才能求證。而人很奇怪，問問題前常假想著一些最壞的回覆，卻又斷絕不了那一點點對美好答覆的希望和期待。其實每個問題，我也都預設好最合適的答案了，儘管你不曾正面回答過我。

那我可以在這裡再問一次嗎。我們是什麼？愛是什麼？

我是說，請你選擇要傷害我，還是要把我留下。

對了，昨天我在網路上看到了「薛丁格的貓」的梗圖串。亂七八糟的。有一張圖是貓咬破了紙箱，並加上了「我活下來了／薛丁格呷賽啦」的台詞；還有一個很好笑的留言說，如果薛丁格當初想放的是吉娃娃，這個思想實驗就不存在了，因為吉娃娃會一直叫一直叫。

我只是突然想到，你好像就是薛丁格，而我正是那隻封閉的黑暗的盒子裡的貓，只是，是我自己走進去的，待在裡面等待盒子被你打開。實驗破局或圓滿都好，只要你打開，我就會自己走出來了。

委託・07

「我想告訴一個我難以定義的男子，如果可以，我想繼續抱持希望等待，直到你給我名分那天。但我好像知道你不會，那能不能告訴我要怎麼放下。」

#給狐狸

故障

愛過你以後，我發現自己被分成了好幾個部分，身體變成一座擅自開工的工廠，每一個部分都各自運作，輸送帶亂成一團，最後做出了四不像的成品。大概，眼睛是一個部分，四肢是一個部分（但是戴著戒指的指頭還要另外算），頭髮與指甲是一個部分。胸口和心分離了。想法與腦袋也是。

於是，每一次見他和見你的時候，我都要重新組裝及排程：眼睛要注視他，手該要搭在他的手上，脖子要柔軟。見你的時候，要站好不動，要把你送的戒指拿下來。心要安靜。但並不總是都能分派成功，有時候我的身體靠在他的肩膀上，卻忍不住想起上一次這樣靠著你的時候；再次聽到你的聲音，我卻又很希望能夠抓著他的手尋求一點安全感。

也許在分開前你動手時我就壞掉了，我的身體明明感覺到了疼痛，卻沒有辦法將疼痛傳達到內心以及其他地方。所以我逃走了，心裡卻覺得捨不得；我感覺到驚嚇，卻沒有辦法即刻害怕你。那一天的你，是否也和我一樣，變成了一座混亂的工廠呢？我多希望你也故障了。即使我們並不是壞掉的鐘，沒有一天至少能夠正確兩次的機會。錯了就是錯了。

但我記得。我記得我們曾經那麼正確，記得這座工廠在還沒失控之前，也曾出產過品質如一的產品，那些產品都被送到不知名的地方了，可能是本來要一起去住的酒店、排好的休假行程。或是很遠的曾經想像過的未來。剩下的都是瑕疵品，但我很珍惜，我把它們統統收起來了。想你會明白，這些瑕疵品，接近美好但差了一點點，接近愛但又少了一些些。

「我覺得我跟他的分開真的很可惜，我本來已經有計劃要怎樣存錢去發展自己事業和跟他結婚，曾經覺得他就是我整個宇宙，我們都很愛，但不能不分開，因為他動手打我了，但悲傷過後仍然忘了痛覺，常常在許多時候想起他。

想跟在英國的他說我現在過得還好，但不是很好，覺得將他跟現任男友比較這個行為很過分，但確實常常比較；偶爾也很想念彼此在一起時光，雖然現在他是一個很熟悉的朋友，像一個親人，有時候也會聊一下天。我知道未來路很長，不知道會不會再遇上，但再遇上的話，我希望我們都更懂得愛和珍惜是什麼意思。」

見面好嗎

有的時候我感覺我們之間有一道巨大的鴻溝……這樣說顯得老套嗎，那麼，一座山、一條河、峽谷之類的好了。或者就只是一面玻璃（噢我想應該是強化過的）。總之，從我這裡是走不過去你那裡的。你那裡是哪裡？我腦中總是有類似的疑問，打開APP的定位，不到一公里、六公里、十三公里……每個人都說著自己在台北，彷彿台北是一座無限城，我們的相隔，不過是房與房之間的一個轉角。

所以我才自負地以為能夠碰觸到你。不是一般的碰觸。不是說「噢要一起去咖啡廳嗎」或是「我們一起去動物園玩好不好」然後就創造了城市裡星點般交集的那種碰觸；也不是提議「總要彼此看順眼」還是「我想確認你是不是我的菜」那種執著於表象的盲目。而是，我需要確定你是真的，就像是小時候亟欲去探究聖誕老人的真實身分一樣（但聖誕老人不是真的，啊這個例子好遜）。

我不是說你是虛擬的。跟你說，我從小因為常常掉隨身物品，所以養成了一種習慣：我每次都需要去觸摸那些物品來確認自己有攜帶到它們：錢包、鑰匙、眼藥水、護唇膏，我會在口中默唸，我甚至會在指尖施加一點力道按壓它們，彷彿它們會因此給我回應一樣。然後，然後，我不知道怎麼地就會想到你，想到昨天對話框裡的最後幾句話，那感覺好奇怪，明明連擁有都稱不上，卻彷彿還是遺失了什麼。

彷彿再不見你，你就要不見了。

我們見面吧，好嗎？

委託 · 09

「我知道這樣很沒擔當，但我想請你幫我傳話給一個交友軟體上的網友。我們聊了快半年了，會分享一些生活小事，面臨一些重大決定也會徵詢對方意見。我知道這樣喜歡一個人很虛幻也很自以為是，但我好像還是喜歡他了，我想見他，但我沒有勇氣也不太確定。不知道請你代寫會不會比較有想法。」

#給咪

不要太多

兩年多沒見了，那天的我們像是什麼都沒發生過地再一次約出來了，我陪你去看了在市中心舉辦的音樂節，在美食街吃了一頓兩個人都不喜歡的晚餐，經過百貨公司的商品花車時，你逕自看著前方、口中唸著，哇，要聖誕節了呢。我不確定你有沒有要我應你，我只知道你講這句話的時候沒看著我，所以我也把頭導正回前方說了「一年又要過了」之類不著邊際的話。

我沒有接著說些「所以聖誕節要跟男朋友過嗎」那種粗糙的試探句，有時候不要瞭解得太多好像是種禮貌，我不想讓你覺得有什麼——不想讓我們必須要有什麼，不想要提到誰可能喜歡誰。因為這些事情好像會讓這次相約變得不純粹。純粹一直都是可貴的事對吧，一旦不純粹就會顯得廉價了。

臨別前我還是把買好的聖誕節糖果送你了，搭配一句好不符合日常語感的聖誕快樂，講出來的時候感覺連牙齒都可以打結。我一直以來對所有的祝福語都感到苦惱，就連最常說的生日快樂或新年快樂，也沒有辦法流暢說出，我一直以為如果足夠親近，緊緊地擁抱拍背不是更符合祝福嗎；如果不夠親近，又為什麼要湊出一句不上不下的話呢。也幸好你只是把糖果袋在眼前搖了一下，笑著跟我說謝謝。

還有呢，還有什麼。還有我們走過步行區的時候經過的那個街頭藝人，他的聲線和吉他的音色都很適合這麼寒冷的天氣，適合到我的腦袋裡不自覺冒出「啊能在這樣的日子這樣的晚上和你走在這裡實在太好了」一日劇般的感嘆。然後當我苦思著他唱的是哪首熟悉的旋律時，你輕鬆地就答出了歌名。

這樣都不算是喜歡吧。應該不算。我不希望自己喜歡你，如此一來當我跟你說我今天很開心，就不會有其他意思，就真的只是開心。這樣不是很好嗎。講這麼多也就只是想要讓你知道，那首歌從那天以後就一直留在我的播放清單裡了。這樣而已。

「二〇二一來臨前我們終於碰面了，我沒想到你會回覆我的訊息，也沒想到這個約真的會成行。我曾經喜歡你，其實我不確定我現在還喜不喜歡你，因為你一直都很討人喜歡。但是我有點希望我已經不喜歡你了，這樣當我現在告訴你說那天很開心的時候，你不會太有壓力。」

#給E

分配想念

氣溫好像慢慢提升了，即使我寫下這些字的時候，正好又一波晚冬的寒流經過台灣。即使你已經錯過了這一年來台灣所有的寒流。錯過了一整年的我。這整年裡我努力地變好，也努力地思考著怎樣算是變好。工作升遷學業進步，算是變好嗎？還是終於願意好好地坐下來吃完早餐再出門，才算是一種變好？又或是安穩平靜地，在世界的某個角落過日子，就算是好了呢。

也許就像是我一年來的種種，並沒有太大的波瀾。每天按時起床，吃飽每一餐，喝很多的水，保持身體健康；閒暇時點開愛爾蘭的氣象資訊，再計算一下時區，想像你住處窗外看出去的景色，或是你正在做什麼。每天打字但不說話。每天想念但不告訴你。你是否也一樣呢，有的時候我竟狹隘地希望一年後的一切都一如往常，就算我們都停擺虛度了也沒關係，因為那意味著我們依然可以一起出發。

我那麼小心翼翼地分配思念與期待，是為了不讓未來窒息，畢竟未來是那麼脆弱，脆弱得像是一場默契遊戲，我們一起閉上眼睛往前走，時間到了張開眼，看看對方還在不在自己視線裡。

但我還是忍不住去想，六月，六月。六月你要回來了，那會是初夏時節，有很棒的陽光和金黃色的海，有愛以及音樂。想到這裡，我就會更加認真地生活，提醒自己，你回來的時候，我要帶一棵全城最綠的樹去找你。

「第一次見面就已經知道他一個月後要出國、一年之後才回來，但這樣的前提下我們還是不想離開對方、努力把握所剩不多的時間相處。沒有不成熟地說要在一起，也沒有忍心說別再聯絡，只有成為最好朋友，在不同的時空各自努力著。想請你幫我告訴他：我真的很想你，我會好好努力去更接近你一些，我們要一起變成更好的模樣。」

#給樹

手肘。菸頭。捷運站。星空。耗盡汽油的機車。無法決定的晚餐。忘記晾的衣服。下車鈴。只有一半專心的電影。一起去吃的麵店。午夜還亮著的手機螢幕。只戴一邊的耳機。被折過幾次的紙條。花束。圍巾。刻意放慢的腳步。閉眼。閉眼時被賦予的想像力。雨水。突然學會收集雨水的方法。公車扶手。第一次察覺的花圃。悄悄話。鑰匙。好吃的餐廳。傷口。眼淚。左撇子。床舖。洗皺的襯衫。沒有擰乾的毛巾。路燈。公園座椅。晚上。有點不健康的身體。難過時喝的啤酒。講不出完整敘述的星座解析。沒有送出的訊息。咖啡。陪你一起喝的咖啡。不小心睡著所以沒關的床頭燈。流浪貓。停車場。安全帽。戒指。你喜歡的顏色的毛衣。讓我比較高一點的高跟鞋。

不只這些，還有更多，只是恐怕沒辦法說完。

因為跟你在一起的時候，所有的事都變重要的事了。

委託・12

「我不知道要怎麼表達愛，好害羞。跟喜歡的對象說我喜歡你我愛你怎麼這麼難。」

#給E

和解

我左腳的趾關節附近，有一個凸起來的瘡口。瘡口來自於某年摔破家裡的水瓶，當下未能察覺已橫刺入肌膚裡的玻璃碎片；當我真正意識到，它早已被埋起來了，從外面看來幾乎無二異，只剩一條細小深色的記號，重壓會有點不適，但又無法確保那個不適感，是真的來自於它，而不是自己的力道。

在那之後，我將水瓶換成了透明塑料的材質，那種感覺很奇怪，彷彿自己在處罰上一個已經碎壞的瓶子。而我始終也沒有辦法論定，會導致這樣的瘡口，究竟該歸咎於自己的手拙，還是玻璃脆弱的材質，還是，我那個時刻根本不應該口渴，不應該走出房間去倒滿水。

某年心血來潮為了這個瘡口看了醫生，醫生卻說，就讓它擺著吧，如果它沒有引發太劇烈的症狀，並沒有必要去做侵入性的手術。那會不會在未來的某一天突然有什麼影響呢？我問。醫生搖搖頭告訴我，這種事情他沒有辦法做保證，彷彿在說，痛不痛只有你自己知道。

但我其實不知道。

我只知道有些傷害似乎會與身體共存，時間久了，身體的修復機制反而會阻礙自己再去取出這些傷害。不知道為什麼，我想到那些傷害過我的人，這幾次和朋友提起，總是在為他們找緣由開脫。我也想到幾年前留下刺痛字眼的你，但都是想到比較好的事，你的溫煦或寬慰，或信任，或陪伴，或曾經那麼不可或缺。再來，就只是想到更普通的你，你的頭髮、眼睛、肩膀、臉頰……

時間好像是網，篩著篩著，好的壞的都留在上面了，只剩下記憶。剩下存在。

我下次再想起這些事，應該就是我要把它取出來的時候了吧，但現在我只是想告訴你，我好像已經漸漸失去苛責你的能力了。所以有點想念。所以才在這裡寫字給你。

「不知道為什麼我常常會想起這個人。他是一個曾經給予我巨大傷害、甚至讓我患上了很嚴重的心理疾病的人。但我總是在很脆弱的時候，想到他曾經安慰我和陪伴我的畫面，有時候會想：我是不是其實已經釋懷了，或是，我該聯絡他看看嗎？但我還是一直沒有勇氣。」

#給T

變少

聽說月球正以每年四公分的速率遠離地球，那麼也可以說是，月球最終會離開地球嗎？對我來說兩種說法不完全相同。如同我們爭吵的那個早晨摔破的杯子，並不是一瞬間從桌上落下去的，而是在過去更微小的時間裡，一點一點靠近邊緣，只是我們沒發現。我是說，結果是瞬間的，但是瞬間卻是可以被微分的。

你會不會也有察覺到那些更微小的細節呢，像是，窗簾越來越舊了、壁癌越來越蔓延了、手機的電量掉得比以前還早、手錶默默地快了四分鐘……我必須向你承認這些都是生活中令我在意的事。每一次你躺在身旁但我卻失眠的時候，我閉上眼睛就能聽見黑夜在掉落，把手搭在你沉睡的身體上，就能感覺你慢慢地往一個非常深邃的遠處走去，雖然一到了早晨你就會回來。

可是我就掉進去了，接著需要花更多的力氣爬上來。每一次我都感覺自己正在遠離自己，我不知道哪一天自己會真的離開自己，就如同人們常說的，不到清晨無法確定自己失眠、不到停止無法計算陀螺旋轉，是一樣的意思吧。事情都有結果，但是結果在哪呢?說不定在徹底離開的前一天，我就已經老死了。

我記得我喜歡的電影《雲端情人》裡，Samantha曾經跟Theodore說，感情不像盒子會填滿，愛得越多會擴張得越多。照Samantha的說法，如果愛情是一個房間，它會是一個悄悄擴增的房間，你明白我的意思嗎?我一直都很清楚我們共處在這個房間裡面，但是當我感受到房間擴大，試著要碰觸房間的邊緣時，我就必須和你變得遠一點。那並不是誰的問題，可能，更接近一種使命感，就像是某天我們突然決意要出發到另一個地方、某天突然對於天空為什麼是藍色的感到好奇。

對不起，親愛的，今天我仍然愛你，只是可能比昨天要少一些。

委託 · 14

「我覺得我跟幾年前比已經沒有這麼愛我男友了，但又還是愛著，可能也是有點不確定自己到底是不是淡了，我不知道要怎麼說這件事，我覺得我好自私，怕說了傷害他，也怕說了失去我現在擁有的一切，又怕不說到最後會變成很糟糕的結果。寫了這個委託，希望你能告訴他我的感覺。」

#給傑

收集

生活裡充滿著你的碎片。它們不太割人，有些不過像是信號燈閃爍在我居住的空間裡，廚房、陽台、玄關；有些我毫無辦法，像是牆上漆過幾次油漆都無法掩飾的疙瘩，像印記，或是那幾根總會從床底掃出的疑似你的毛髮。有些像是便條紙，黏在馬克杯上、櫥櫃把手上、電視上、電梯間，每用一次都要撕掉一次。明天可能又會黏回來。

我不知道你的近況。偶爾我會把這些碎片聚集起來，花一整天的時間，拼湊成一個最接近你的模樣，再用這個模樣，想像你在未知的地方一樣安穩地生活著，起床或是賴床，穿到花色不同的襪子，那樣瑣碎的小事。我仍然用過去的印象在構築現在的你。只是我會想得再比過去好一些。

我好珍惜這些碎片，有時候彷彿也感覺到這些碎片在珍惜著我，到更後來，我已經不太確定拾起的這些，是關於你的記憶，還是不過是自己的腳印和影子。更不太確定是不是真的有必要清理它。

只是，最近撿到的碎片越來越少了，我不禁預想最後的最後，關於你的事物，會不會只剩下紀念品般的存在，或者變成一則再也沒有辦法完整重述的故事。那是無可避免的吧，你不會搬回來住了，而我也不可能永遠待在這裡。

在我把碎片撿完之前，你要記得過得開心；在那之後，我已經沒有資格能夠談及。

「他搬離以後，雖然不到撕心裂肺的難過，但好像也無法若無其事地繼續生活，好像少了些什麼，但也多了些什麼。我希望他離開我後能過得很好很好，並且能夠找到一個能善待他的人。」

#給男

對齊

不知道從什麼時候開始，用社群發照片的時候，我再也沒有辦法忽視照片的水平線與垂直線，只要照片裡有牆壁、路面或是桌緣，我就會點開模擬格線，拚命地將其對準。對準的過程裡，因為那〇・一度的傾斜太難操作，常常整個指尖要非常用力地壓在手機螢幕上，再微微地、慢慢地傾斜，挪動。有的時候，二、三十分鐘就過去了。

那個過程那麼像愛你，只是，我是那張沒有擺正的照片，你才是校準的人。關於我們之間的校正，或許需要更長更遠的時間嗎？我一直都在學習，學習與你對齊。愛因斯坦說，如果人類的速度超越光速，那麼時間就不存在了。我常常用同樣的邏輯想著我們，如果我們隨時都能夠對齊。

但是你知道嗎，即使我對於照片的偏執那麼費時，卻還是被朋友稱讚過。朋友說，平平都是手指，為什麼我就那麼細微，能夠調整出〇・一度的傾斜，他怎麼樣都是〇・四度起跳。

我想你也是一樣的，我相信當你在浴室裡亟欲洗淨自己的身體而花上數個小時，代表的是其實你比任何人都要瞭解身體的構造及死角；你對於穿衣服、手機電量的要求，比誰都要來得謹慎。我知道你只是用和大家不同的方式在理解這個世界。可能比較認真也比較辛苦。但我是如此深愛這樣的你。

委託 · 16

「我的先生是強迫症患者，常常伴隨著嚴重的憂鬱及焦慮，我知道很多時候做得不夠好，也常偷偷羨慕一般人的生活，但能和他在一起，我還是非常幸福和感謝。我想告訴我先生：『放心，我會陪在你身邊，比誰都還要努力生活的你，真的真的辛苦了。』」

#給難以適應地球生活的外星人

對齊

在小型超市裡找不到我們慣用的那款洗衣精。我問過店員了，店員說架上沒有就是沒有了。店員說，如果沒有，也可以試試另外一款花香啊，其實氣味很相近。但我拒絕了，於是店員露出了「你要這麼堅持我也沒辦法」的表情。於是我又換了另外一家超市找。

這樣很古怪嗎？好像從幾歲開始，我的性格就被加上了「古怪」的描述。老是會對微不足道的小事偏執、老是會有一些奇怪的想法萌生：當我發現被擺亂的貨架，就會忍不住出手把它全部整好；當我看見標榜著「開闔測試百萬次」的密封盒，我的腦袋就會自動地進入計算程序：如果一天開十次，那麼可以開十萬天，十萬天換算成年的話就等於……

古怪是錯的嗎？記得在小學上生難字時，國文課老師說文解字「歪」，為了要讓我們更好記住怎麼寫，老師不斷強調「歪」就是「不正」。莽撞如我馬上就舉手問老師，為什麼不是「正」就是「不歪」？但老師沒有回答我，只讓粉筆躺在攤開的手掌上說，不然你來造個字。

至今我仍然沒把這個字造出來，但是我知道有這個字。我知道當小時候被師長責罵「你為什麼這麼奇怪」的時候，不是一定要用回答來承認自己某一部分低於常人，例如回答，因為我笨、因為我粗心、因為我散漫。我知道字可能被埋起來了，單靠我一人的能力，不太可能把它重新挖掘出來。但是我會讓更多人知道這件事。

清醒

又過了一晚，你昨天睡得好嗎，昨晚，我又讀了一次你以前送我的詩，有些字已經變得更中立了，我幾乎回想不起你讀它們的語氣及停頓了。白紙上的一個字一個字排成一列，多麼像誓言，像一根穩固的梁柱，照顧曾經溺水的我們。照顧信仰著它的我們。

送一首詩給人是什麼意思呢？我曾認真思考過這個問題。可能跟送一首歌、送一部電影是很像的事吧，如同送了一個宇宙給對方。只是現在看來，這個宇宙多麼像夢。

我沒有和你說的是，過去相處的日子裡，我總是多夢，每一場都能夢到你，但又都是末日情節，巨量的天災、科幻背景的喪屍追逐，或只是一些關乎死亡及分別的畫面……我甚至一度打開google迷惑地搜尋解夢，抄遍了各種無法求證的預言，我才終於瞭解到，我所有的恐懼，其實都只是來自於信仰的破滅。我害怕我相信的理念遭到背叛，我害怕毀滅，害怕夢裡的末日將我們拆散，讓我們無法再履行任何諾言。

然而真正之於夢的末日是什麼呢，或許只是夢醒吧。可是Y，我們還是得醒來，我們在夢裡舀過的珍貴河水，再怎麼樣都只能變成臉頰上乾硬的淚痕，當白晝來到，就會將它拭淨，繼續開始一天的排程。「青春是夢，而愛情是發生在青春裡的夢境。」那是我後來讀到齊克果的句子。Y，我希望你能理解，夢境裡的一切都是真實存在過的——那些感受、那些思緒。但它終究會結束。清醒之後若能把夢裡發生過的都牢牢記住，也許就是夢境最好的結局了。

「青澀的年紀總用自以為是的誓言包裝這段關係，後來我卻逃離了，對不起，但我也謝謝自己離開你，因為我不愛你了。說謊只會讓彼此更加痛苦。Y，我們都是擁有許多傷痕的人，不一樣的是你比我溫柔太多。我已經將過去一一曬乾並裝進密封罐，你呢？後來你不再寫詩，改以散文繼續與文字共處，不知道你何時會再提筆寫詩，但希望你能成為嶄新的樣子，當你放下了，那時候再一起喝杯咖啡吧。」

#給Y

更好的段落

打開床頭燈，翻開棉被，妳知道今天跟以前不太一樣了，即使有一些事情還是要如常完成。刷牙、煎蛋烤吐司、硬是勾著過重的杯耳到陽台，看到許多人走得非常急躁。看見原來十一點的公車也會有這麼多人搭。然後想到自己今天起得比以往都晚，不自覺回頭環顧了家裡的擺設一周，好像家具們在以往自己不在的這個時段，會有不同的生命一樣。

離職第一天並沒有一定要做什麼。扭開電視機，才看完一個節目又覺得有些餓了，所以用手機叫了外送，看見外送員一臉「妳不用上班嗎」的羨慕表情。吃完午餐，接著把新的履歷通篇整理過一次。打開社群軟體想要說些什麼，想了一下，又暫時先把手機放下。離職第一天並沒有真的想做什麼。二十九歲該做什麼？只看到大家好像都在做自己想做的事，太專注了，專注到讓妳下樓到超商買杯咖啡都有些壓力。

這並不是一個容易的年紀，三十歲的缺口跟前，讓人以為什麼都應該有個段落。妳想到更久以前在才藝班遇到的四十五歲大叔，一樣扛著小提琴跟當時十四歲的自己一起咿咿歪歪地在琴弦上學步。不知道他現在還有沒有在練琴？不知道他當時為什麼去學琴？不知道當時，他是怎樣的毅力，才能夠對抗每堂課自己好奇卻無禮的凝視呢？

妳又打開手機螢幕，看到了午餐的體驗評分通知；點開才發現，中午不自覺地選了一家新開的店。回想起來，自己總是願意嘗試那些幾乎沒有使用者評分的商家，朋友都說妳這樣做很敢，但妳從不這麼覺得，妳以為真正的勇敢，前提是要克服不安害怕後再做決定。

那現在離職的自己，算勇敢了嗎？

好快就傍晚了。

在穿衣鏡前妳換上了一件幾乎沒穿過的洋裝，又換了一件，妳想起《行運超人》裡的楊千嬅算盡自己的星座、命盤、幸運物的人設，心裡打趣地也想著會不會穿對衣服，等等在街上就會有什麼美妙際遇。最後還是換回了自己最習慣的那件，妳知道此刻妳不需要相信命運。

晚餐是一個人吃，還是悉心整理了妝容。雖然離職第一天，並沒有一定要做什麼，但是看著鏡子裡的自己，妳還是閉上眼睛，默默許下了期望：明天，要再更相信自己一些。

車要來了，門記得鎖。

委託・18

「我在二十九歲，還有疫情不穩定的狀態下，提了離職，跳脫原本的產業想轉往插畫設計，為了能夠讓興趣變成工作。想給自己鼓勵，但是不知道該怎麼訴說，對於未知的未來還是擔心。我想告訴自己，妳很勇敢地做了離職的決定，不要怕，至少妳走過才知道值不值得。」

#給蔡

分辨

電梯間透進來的陽光很刺眼，看著這些陽光，就會覺得生活的一切都在軌道上，這種時候，我會低頭檢視包包的內容物，清點所有必須要帶的物品；拉直襯衫及裙子，用高跟鞋的後跟輕敲磁磚地。接著搭上電梯直線向下，趕上準時的公車，上完一天的班。

我知道電梯間的陽光，和路上的陽光是不一樣的。和起床時會沾到一點點的陽光也是不一樣的。但我不知道為什麼。應該說，它們應該是一樣的，但為何接觸到我的身上時，卻有不一樣的感受？

我想這個問題只有撐著傘出現的你能夠解答。你知道，雨天並不是真的代表陽光消失了，只是雲層擋在前面，太陽沒有變得比較遠，只是光變得比較薄弱。走進傘下的時候，我還是感覺得到陽光，也感覺得到你。也總是能注意到雨快要停的時刻。

如果陽光和雨都是愛，我們是不是不該爭辯它。

你能不能告訴我你要去哪裡。告訴我，雨天是不是你的一部分。知道以後，我就不會再期待在下一場雨裡看到你了。

「我們是打工換宿的時候認識的，那時候明明是他先很喜歡我，後來幾次見面，反而變成我比較被他吸引了。我有男朋友了，或許沒有好好走在道德規範上，但我只想知道，那些時光對他來說是什麼。」

#給drifter

晚安

今天又見到你了，看見你就像看見比較珍貴的自己。但是今天，我們說的話比以往任一次都少，只因為我們一起看了場電影。有人說看電影根本不是妥當的約會行程，我好像可以明白了，電影本身並不壞，但我們還是速食了相處時間。然後吃完垃圾食物的傍晚的我，竟只問得出：電影好看嗎。那真是個愚笨的問題。

我想我一直都在問愚笨的問題。拆開我僅知的有限的你，如問卷般逐條要你填空：你最近工作順利嗎？你喜歡吃什麼？你等等想去哪？在你面前我不過是個擅長蒐集的人，不會是個瞭解你的人。我蒐集問卷的答案，也蒐集那些我沒有問出口但你卻回覆了的答案。蒐集你偶爾低頭的侷促與尷尬，蒐集不小心看見的你手機上跳出的零碎訊息，蒐集你保有祕密而沒有笑的時刻。你穿過馬路以後，在捷運站口蒐集你離別時那麼果斷乾淨的空白。然後問你，你到家了嗎？承認自己若是沒有問，就永遠不會知道你在哪裡。

我已經到家了。但我也沒有告訴你。就只是把你的視窗打開，看了一下聊天紀錄，想著是不是還能說些什麼，但最後又關上。我知道我明天還會重複這樣的動作。感覺和你說什麼都合適，也什麼都不合適。因為我可以跟你說任何事，但你不一定想聽。任何無聊的事。像是家樓下早餐店的阿姨老是會和我閒聊無聊的事，諸如：昨天隔壁巷有人吵架妳有聽到嗎？今天怎麼起得這麼早？妹妹妳是不是變瘦了。我就想和你說這麼無聊的事。甚至比這還要更無聊，像是幼稚園寫的日記內容——今天天氣如何、吃了哪包餅乾、喝了幾杯水、下樓倒垃圾時碰到一隻可愛的流浪貓。

因為這些事除了你，不會再有其他人知道。它們都是我的祕密，只要你問起，這些祕密就不會再艱難了，只會成為我這個自卑的暴露狂的一點狂妄。就一點點。不會讓我忘形。即使真的忘形，也會在看到你頭像旁的綠點標示滅掉時，就把房間的燈關上。關上以後我就會知道，什麼都還是沒有。

什麼都還是沒有。像是明天你應該還是不會約我吃飯，一如今天我們也沒什麼開展，這樣的情況下只說晚安會顯得唐突，但我還是想要和你說晚安。晚安。

委託·20

「我們是偶爾出去但好像又稱不上曖昧的關係，可是，我每天都好想和他說話，說些什麼都好，有一搭沒一搭地聊也沒關係，但是我們現在的關係和生活圈差距，不管是相約還是對話，都還是那麼刻意。今天我又沒有找他說話了，不知道他過得好嗎，請代我轉達我的喜歡及一句晚安好嗎？」

#給C

遺失

只要看到有反派角色的電影，我就會不太確定自己要什麼。當我看到壞人在結尾真的被好人懲治了，我會覺得滿足，但又會覺得這份滿足虛無到沒有意義。如果看見壞人最後仍然逍遙法外，我會覺得這樣的結尾足夠真實，但是又很沮喪，因為我想到世界上的壞人都在某處好好生活著。

多年以後那些我生命中的壞人也都從社群上回來了，像是一場同學會，每個人理所當然地坐進自己的位置，他們看起來都很寬裕——至少比我寬裕，大概是在不同地方又結識了一大群的朋友、結婚生小孩，或是在大公司找到了好職位。當在臉書上收到他們的交友邀請時，我竟然不疑有他地就按了同意。按下同意的當下，我在想什麼呢？我在想，都過了好幾年了，我好像也走過來了，也沒什麼好彆扭在單單一個交友邀請上。幾年了，超過七年了嗎？人的細胞每經七年會全部汰換一次，我卻沒有比較新的感覺，還是意思是，只有原本擁有的部分會換新。你缺少的會永遠缺少……

我到底少了什麼呢？從遺失那一刻起我可能就忘記了，但卻忘得不乾淨，所以一再用手指摸索身體上凹陷的形狀，不斷地誤判、用錯誤的方式填補它。愛也好、讚美也好、關懷也好、自信也好，也或許都不是。我永遠不會知道自己找到的是不是正確的了。

我是不是也被命運遺失了？所以才每次都沒有獲得回答。那，如果做一個壞人，是不是就不會奢求這個回答了呢？至少壞人做了壞事，受到傷害是理所當然。其實我有時候真的會試著咒詛別人。或是在一些場合裡極盡做惡劣的事。二十三歲車禍的調解，我曾經佯裝了心不在焉的樣子與會；面對對方的不和解，我趴在桌上，說出了類似「沒關係啊你喜歡拖就給你拖」的話。我故作鎮定，即使說話的時候感覺全身在顫抖。眼睛、臉頰、牙齒都在疼痛。走出調解會的門後，就像散掉了一樣。為什麼？為什麼我不能是這樣的人呢？我想擁有傷害人的能力，即使我沒有真的想傷害誰。我想拿起刀，只是因為我希望自己不是個害怕拿起刀的人。我不想承認我最擅長傷害的還是自己。

知道嗎，我多麼想恨，就算我知道恨不等於勇敢。而我此刻仍膽小地不敢譴責任何人，所以只好問：讓別人有傷害自己的機會，算不算是一種給予？傷害又算不算是一種搶奪？我想問為什麼。沒有什麼的為什麼。我只想聽見沉默，像是這些為什麼，真的沒有任何原因。那至少是我已經知道的傷口。

「嗨宇宙：為什麼時間站在情緒勒索和霸凌者那邊？他們獲得信心好好長大了／他們總說自己第一次當父母，但他們炸開的安全感黑洞，我再努力都補不起來，緩緩建立的自我價值像海砂屋，輕易就能崩落，內化的焦慮：是不是說錯話了？我被討厭了嗎？害怕被排除在外。害怕做不好。害怕這樣不喜歡自己的自己讓人厭煩。悄悄話，小圈圈，成績，都留在體內了，反覆提醒我不夠好，不夠好，很不好。活著好難。愛自己好難。說話好難。幸好還有這個委託。」

#給宇宙

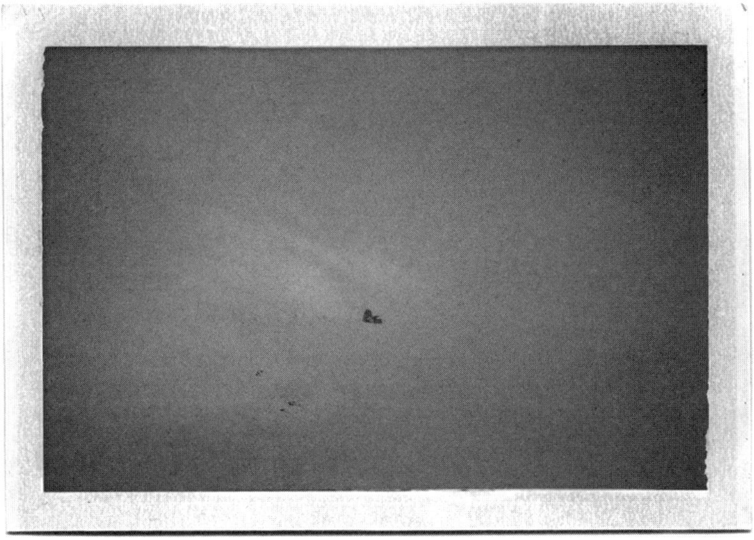

遺失

不是一定要待在這裡
把一首曲子跳完
有些舞步太好
會被困在裡面
不是一定要把腳踝弄傷
不是只有繃帶
才能把未來的路治好

可以走
如果不看鏡子

可以閉上眼睛
不再注視
如果看見的倒影裡
沒有自己
可以躺下
如果不介意自己
是否乾淨

可以說話
當你知道星星的本質
是閃爍
不是回應

不是一定
要做個早睡早起的人
夢若太深
就用墜落讓自己清醒
如果一定得被陽光曬傷
還是可以選擇
在晚一點的早晨醒來

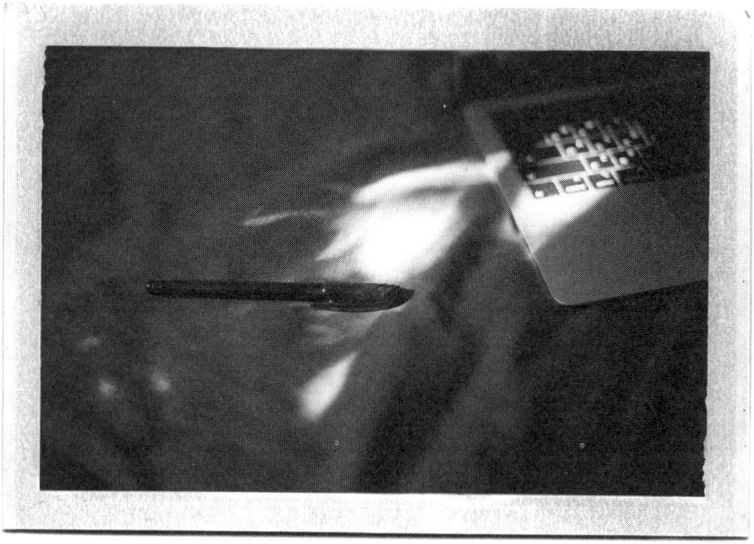

最後一次

最後一次抱著你了。當我躺在床上抱著背對著我的你的時候，腦袋一直跳出這句話。我發現我總是抱怨著告別猝不及防，而今天可以好整以暇地對付它，我還是什麼都不做。我什麼都不想做，看見沒有對齊的窗簾也不想起身拉好，忘記熄的玄關燈就一直在那裡。

最後一次了，我才發現有好多應該更仔細觀察的事物。你的頭髮、你的側臉、微微映著光的眼睛、手臂的柔軟，我想閉上眼睛試圖用最誠懇的方式感受，但覺得太過浪費。張開眼卻又不敢真的看你。

我放任我們的身體在最後一晚快速地蒼老。你說，我從沒有這樣抱過你，但我卻矢口否認。會不會是因為，我們從來沒有像今天一樣去感受擁抱？也許每一次的擁抱都是不一樣的，只是我們都忽略了。你還記得嗎，我曾自信滿滿地向你解釋擁抱，我說，把手放在對方的背上、脖子上、後腦勺上，是完全不同的意思。你一定記得的，你比我善於去解讀我是怎麼愛你的，不愛也是。

躺著好難擁抱。我每次都這麼想，卻還是會想要抱你，也許和愛你是一樣的。將手穿過你頭與肩膀間的空隙，再把手臂折進來，輕輕擺在你的右頸。如果距離拿捏好，就剛好可以親吻你；如果距離比較近，會感覺到你在我的鎖骨上眨眼。

但是天亮了，我第一次這麼害怕天亮。看光從窗簾縫掉了一小片在床鋪上，我突然慶幸還沒有真的進入夏日，能讓我感覺離別還要再晚一些。但無論如何，這一次我們沒有做到夢，還是得醒來了。

你知道嗎，這一刻我感覺好愛你，好像把所有保留的都交給你了。我想是最後一次了。

委託・22

「我沒有辦法跟現在的愛人繼續下去了，可是提分手的那一天，我卻還是一直哭，哭得比他還要厲害，是不是有點好笑？在哭完之後，感覺我們是不是有機會重新開始。但我沒有問他，也沒有問自己。」

#給L

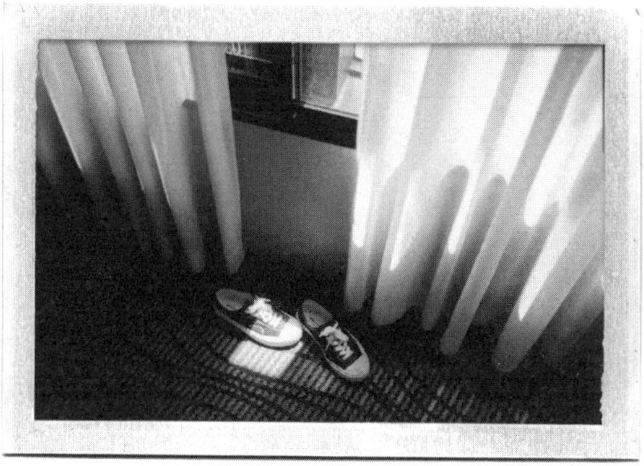

最後一次

真的醒來是十點的事了。明明你是九點離開的，我卻現在才發現你已經不在這裡了。我把房間剩下來的一切標本一樣地用底片相機拍下。你早前鞋子脫下的地方，行李袋擺放的位子，我們才躺過的床鋪。你離開房間以後，我沒有把床弄得更亂，也沒有睡回去，就是坐在地板上，看床單其中一沿垂到床下。我剩下那裡可以回想起你坐在床緣的時候。

拍完我才察覺到我也像標本一樣被留在這裡了，只是沒有人給我拍照。我其實很想看看自己現在是什麼表情、抱膝坐在房間的角落會是什麼景況。我想知道再也沒有你的我現在是長什麼樣子，可是房間裡唯一的鏡子在浴室。浴室有你用過的牙刷和漱口杯，微溼的毛巾以及幾乎想不起來是如何洗淨自己的昨夜的淋浴間，我不敢去。

櫃檯的退房電話來了，但是我沒有接起來，預計他會禮貌地請我離開，並且說，超時要加收多少錢喔。那是倒數二十分鐘的時候，東西我都收好了，但還是站在門口一直到十一點來臨，感覺這間房間就像是標本外軋上的塑膠膜，只要離開這裡，就要被拆掉了。我會真的成為某種屍體。

但我知道標本遠遠看都像是真的、都像是活的，只是停止了。只要沒被觸摸就很難被察覺死亡。所以當我走到飯店大廳時，才把房卡那麼小心地放在櫃檯就快步離開。

變好

你變成一個更好的人了嗎？不知道為什麼，你離開我我就覺得，你會變得比之前還要好，或者你是因為我們不好所以才離開。

啊，從小到大總是有很多人教我們什麼叫做不好。從有記憶開始，就有人在身邊——爸媽、老師、同學……會在耳朵旁邊不斷複述著：不可以做這個，不可以做那個。一直到現在也有人在告訴我：一次只能喜歡一個人，不可以墮落，不可以抽菸喝酒。當我反問他們為什麼，有些他們講得出鑿鑿的原因，有些卻只會聳聳肩，甚至張大手掌將我的問題推回我的身上，彷彿意思是：你去追究這些不好，也是一件不好的事。

我們是不是也是一種不好的集合呢？我們都各自背離了原本的伴

侶而選擇在一起。好幾個日子裡我會去找一些形容我們的詞彙：狗男女、姦夫淫婦……看久了我反而對這些套語感覺到奇異的歸屬感，好像這麼不好的我們也能夠成為一個整體，在我真的跟別人敘述起我們的時候，可以革除辯解的嫌疑。我並不是擔心自己真的不好，而是擔心別人以為我想要掩蓋我自己的不好。

不過說到這些，你也已經離開好一陣子了，多久了？我也算不準，就是久到我已經能夠祝福你未來平安。我也不會再問你好是什麼了，也許在過去的日子裡我們談好，都只能把彼此的手抓得更緊，彷彿珍惜時間與身邊的一切比追求什麼都來得重要。但這樣的年紀裡，大家好像都已經找到了未來的雛形，有些人的好是買車買房、有個正當的人生和家庭，有些人的好是找到更清澈的自我，有些人的好則是少抽一支香菸。就像我現在站在這裡，沒有把萬寶路點起卻還是能想你。

「我們已經結束了。雙雙出軌的行徑還太背離道德了吧？雖然大部分的時候我討厭社會拘束，但無奈我們都是活在陽光下的人。你為我買的yellow tail後來我也買給了其他人喝、搞丟了打火機、但一直沒扔的是你最後留給我的白色萬寶路煙盒，你說你戒了菸、聽了我推薦的歌，你說你累了，沒辦法照顧我了。我想跟你說我還是不好，但不好的時候我就想想你、想想你笑彎了的眉眼。我明白我們曾經一起墜落，但此刻你想停下來了，那沒關係，你好好地走你的路吧。」

#給柴

再見

我看到妳還給我的ＤＶＤ裡藏著紙條。妳說，謝謝你這些年對我的好。但是我卻微微感到困惑——這些年究竟是多長的日子？回過神來已經是這樣一個季節。過去的每年裡我總是用不同節日在推進著日子，年節、情人節、中秋、生日、聖誕……最初收到妳的祝賀，再把我的祝賀詞回贈，我其實沉浸於這種具儀式感的交換，在年紀越長，遇見的每個人都變成越來越小的一個點的情況下，我們卻都還能定時回簽。我以為我們真的互相參與著彼此的人生階段。

今年冬天好像特別冷，我才突然感覺到我們變遠了。看著越發短小的祝賀與寒暄，發現我們好像只能夠交換這幾個字了。甚至在變成最簡短的祝福以後，就沒有人能辨明那些字是不是複製貼上了。

妳最近過得好嗎？從妳越來越簡短的答覆裡，我反而能想像妳過得很好，想像妳匆匆用在對話框打上幾個字就將手機覆在桌上、專心應答身邊的社交活動或者愛人；其實我也一樣，我知道我們不會總是能帶走所有的行李，如果我們一直都在前往另一個地方。即使我們那麼緊密地相倚——如果幼年，我們就是彼此最心愛的玩具；如果青春期，我們扮演著互相收藏的日記；出了社會，我們是彼此的夢想。但那些都是終將要離去的事物。

原諒我最近開始用不同稱謂代稱著妳。還有不同的形容詞。有時是「重要」的人，有時是「獨特」的人，有時，我只會把妳描述成一個朋友。「當一物能用任何東西指稱時，它其實什麼也不是。」究竟從哪裡看來這麼沮喪的句子呢？如果反過來說明明可以變成正向的意思。反正，我後來再也不和誰爭辯妳的樣子了，我知道妳是妳，我們是我們，那就好了。

那麼，妳過得好嗎？其實這句話也不過是個太過禮貌的問句，禮貌到妳僅回答「很好」又或者選擇不答覆，都是一樣的意思。我們或許已經不需要答案了，再接下來就會不需要問題，最後可能就不需要想起對方了。那其實都不要緊，欸，是吧，很久以後獨自想起關係的那個人，卻沒有感覺到被對方留下，就是最美好的結局了吧。

委託 · 24

「相處十年了，從來沒有在一起過的情人，妳好嗎？無法定義我們之間是親情友情還是愛情，或是有沒有其他選項？不再聯絡了也很好，只希望妳一切都好。」

#給N

喜好和選擇

你有遭遇過那種很熱很熱的夏天嗎？口渴地走在荒蕪的小路上，周邊沒能碰見任何一間便利超商，好不容易，才看見一台自動販賣機立在工務大樓的陰影處。走近一看，發現沒有自己喜歡喝的飲料，而次要的選擇也都售罄了，只剩下幾種怪異口味的果汁，還有白開水。你不覺得那個過程有點犯賤嗎？就算今天成功選到喜歡喝的飲料，一樣還是會在幾秒之內就飲盡，就跟喝水沒什麼兩樣，但是你還是會先找喜歡的；直到發現自己沒得選，才終於承認解渴與好喝在此刻是同一件事，然後選擇喝白開水。然後在內心隨便地想一些搪塞自己的慰問，像是「其實都是一下就喝完了沒太大差別吧」，或是「水也是很好的飲料啊」。

我是不是就是給不出比較好的飲料的那台販賣機？有時聽你心不在焉描述一些對完善生活的理解，我都感覺我不在那個理解裡面。你說，應該要有一個體貼、事業進度相同的女友，你說，你喜歡更酷一點的個性，你好像安慰我似地補充說，但那些都是太理想化的事了。說話的口吻就像是偷偷瞥過喜歡的飲料那道按鈕上的叉叉。我其實全都看到了，因為我一直都在你面前。你總是喜歡說，你還待在我面前，就是一個最無疑的選擇了。真的是這樣嗎？就算你一度把我身上所有好與不好的飲料都挑出來羅列，並且只拿了你想要的那幾瓶。你說不好不是真的不好，只是因為你不喜歡。

但你不知道拿出來的沒被選中的飲料我再也沒辦法放回去了。我也知道，即使是費盡心思給你的，終究也只是讓你可以暫作休息，前往更遠的目的地。所以我決定不再做那一台販賣機了。也許我真的不應該站在工務大樓的陰影處等你路過，也不應該天真地以為拯救一個人就能夠被銘記、被愛、被珍惜。拯救就只是拯救。沒有義務，沒有虧欠，沒有應該獲得什麼。那是我已經沒那麼愛你以後才明白的事。

「請你幫我寫一封分手信。我在他狀況很糟的時候碰到了他，後來的相處裡我以為我對他的柔軟、溫順，可以換回他的喜歡，但並沒有，我也已經受不了他施加在我身上的壓力和傷害了。」

想像

這封信或許會在見到你之後才寄出吧。

是不是很多人第一次看到電扇時，都會假想著如果把手指放進電扇裡會怎樣？我坐在軍營裡的床鋪上，想到這件事，當看著粗糙的工業用電扇在寢室中間來回打轉。那電扇前罩的空隙甚至能夠放進三根指頭。但我還是沒有放進去。為什麼沒有放進去呢，我在想，我不是很擅長想像疼痛嗎？我對痛的想像總是能大過一切。像是盛行恐嚇Email的那幾年裡，看過血腥駭人的遊樂園事故影片，就再也沒能接受各種遊樂設施——尤其刺激的、充滿心悸的雲霄飛車。在那之後只要看著那些軌道微小的接縫處，我都能輕易想像意外如何發生，發生的時候會是什麼畫面，遊客如何受傷，人們如何驚恐……即使從小到大真正看到的，都是人們相安無事地（甚至快樂滿足地）從設施上跳下來，然後又回去排隊。

我其實是有想過要進去設施裡玩的。甚至我很羨慕那些能夠遊玩設施的人，對我來說，他們擁有比我還要多的快樂，只因為他們能夠克服想像，也有可能他們根本沒有想像過。又或是他們享受於極度接近想像的刺激感。若你要說我是膽小，我也無法否認；但卻又有點不甘，因為我並不是真的怕痛，我只是不明白，為什麼要去做可能讓自己疼痛的事呢？我多麼清楚自己不會是比較幸運的那種人。

就像此刻我不是因為真的有感覺到痛而把手收回來的，也許我只是率先想像了痛的感覺，我想像了感覺到痛以後，會發生的所有事情。像你那麼溫柔的人，我卻更會去想像溫柔變得殘暴的模樣。想像某個你不會再對我溫柔的未來。我總是擅長想像結束勝於開始，你能理解嗎，因為多數的我們都沒有真的看過花開的瞬間，卻總是被落下的花朵擊中。希望你不會責怪我，我接下來用盡力氣地見你，只是要讓自己徹底放棄。

委託・26

「這段關係裡，曾經你是主動殷勤的一方，但後來卻變成我太過自私與投入，你似乎也因此越走越遠了。下週我們約好出遊，是兩個人第一次，只不過我想也把它當作最後一次，算是個美好的句點，希望你也能體諒。你很好，也很優秀，只可惜現在不是對的時間。我願意相信所有相識都是有意義的，我們會各自在未來遇見更好的人吧。」

魔術

我一直以來都期望著我最喜歡的魔術師某一天突然跟我說，我是騙你的。在變完一個驚天動地的魔術之後（不要再是鋸人或是瞬間移動的老梗），當著電視轉播千萬觀眾面前，對攝影機露出戲謔卻又誠懇的表情，說，全部都是假的，從頭到尾都沒有什麼魔術，你們這群蠢蛋被騙了一輩子。最好還在眾人面前活生生地扒開每個魔術的身體，讓大家知道自己是怎麼被騙的。

那感覺一定很棒，在童話故事和卡通裡面，這種人會像是被逼供般一一托出底細，還會被感覺遭到背棄而憤怒的村民們丟石頭。這時被圍在眾人中間的魔術師會像個落魄的壞人一樣，行囊撒了一地，用雙手護頭，不斷求饒著：「不是，你們聽我解釋。事情不是你們想的那樣的……」然後他的最後一個鏡頭就結束了。

但現實裡不會。沒有誰真的被騙一輩子，大家都知道魔術是假的，但是大家卻選擇相信它有可能是真的，或是接受自己在此刻能夠被欺騙；而魔術師充其量也不是壞人，他搞不好更接近一個好人，至少在大家願意被騙的時候，他把大家騙得很好。他販賣了奇蹟和夢想，他讓人真的貪婪地寄望能從帽子裡不斷取出錢幣，他讓人不禁發出驚嘆的一聲「哇！」，只因為他給出了與困乏生活不一樣的東西。

是吧，是這樣的，相信魔術的時候，魔術師算是個好人；不相信魔術的時候，魔術師也就只是個無關的人而已。

還是說，觀眾們在看魔術的時候，更像是一個夢遊的人呢？魔術師是給予夢境的人，他應該知道夢遊的人會做些什麼、走去哪裡，他也應該知道這個夢有什麼感受與情節。他那麼自如地控制著夢境，看著夢遊的人從床上翻起，完成一整套遊歷也不驚醒夢遊的人。其實他應該最清楚在什麼時候叫醒的傷害最小，他只是沒有做。

但我已經醒了，只是你什麼時候才要轉過來看我呢？

「我知道你劈腿了，包含你已經和她發展到什麼程度。她是不是不知道有我這麼一個人呢？找到她的臉書後，我沒有發狂地主動跟她講，也沒有拆穿你，我一直在等你主動跟我說，你只要誠實就好了，不用講你的感受或你的委屈你的故事，我只要從你口中聽到你主動對我說：『我劈腿了。』，這個要求很難嗎？」

#給東

多出來的那些

和你分開以後我發現自己變成一個很擅長編故事的人。看著你新換的社群頭貼，就能夠編出是誰負責掌鏡的、你們玩得開不開心、你們是什麼關係。我可以把你的動態內容都串起來，甚至找出共同的線索。彷彿我是你很熟的朋友，是吧是很熟，即使是曾經。

我偷偷把這些幻想情節全部寫成了小說，還投了地方文學獎，雖然那篇小說最後的結局，就如同普遍無法收尾的作者們做出的爛決定——就只是一場夢，boo，被嚇醒以後，發現窗外陽光依舊，皺褶的床褥依舊；再用一些老梗的線索，讓你覺得夢境裡發生的事真實存在於現實。事實上那也幾乎是我的結局，我常在睡前看著手機螢幕想你，不知道為什麼，那反而讓我很容易入睡。等到早上醒了，就想不起來昨晚究竟想到哪裡了。

我開始懷疑想念這件事是會不斷歸零的，是一種徒勞，當思念已經超過了想像力的負荷，就會被硬生生地拖曳回原點。所以我也從不期望自己能夠被「你走過的路會成為你的滋養」之類的雞湯勉勵，因為我沒有真的在前進，我都在走一樣的路。就像沒有人會去鼓勵薛西佛斯。朋友通常會在身旁安慰我說，你想太多了啦。我會用鑽牛角尖回應「想太多」這個狀態，心想，那怎樣才會是「想得不多不少」呢？

也許根本沒有一個適恰的值。也許想太多的解決辦法從來不是調整而是消滅，是不要想。

也許之於你，大概只要想起都是多餘的。

噢，說漏了，那篇小說最後甚至拿了佳作，我拿了那筆微薄的獎金倒也沒有做什麼，一樣就是應付著起居的一切，一樣在晚餐時段拿它去買一份炒飯，再到飲料店買一杯手搖飲。但是這杯手搖飲再也不是和你坐在公園裡把它喝完了，而是一個人回家後拚命地把剩下的料吃光。那讓我感覺這杯手搖飲其實也是多餘的，發現這件事後，我某次就只有買了炒飯就匆匆走回家、快速地吃完再坐在床邊發呆。

於是我終於發現自己也是多餘的了。

委託 · 28

「跟你分手以後生活好像被拆成了兩半，一半維持正常的機能上班、工作、正常運作，另一半在獨自一人的時候崩壞，不知道自己為了什麼而活。我好想你，好想你，也只能想你了。」

#給J

表演

限時動態每過二十四小時就會過期。過期以後，它就會被收到程式後台裡，如果還想要把它留下，就勢必得將它從資料庫裡找出來，編列成精選動態，還要硬安上一個標題做歸類。潦草地只在名稱上打個「-」也還是太過拙劣，所有人都能猜出來的，就像你拿著一疊不知名的文件，旁人問你那是什麼，若你沉默不語，他們就會往最負面的可能猜。

在過期之前，我每則動態都有二十四小時可以假裝從容。我可以若無其事地去一些你會認得出來的地方，張貼你說過很喜歡的歌曲（真的有人會點進去聽嗎？），我還可以打上一些有關心情的文字，來讓你知道我今天過得好或不好。也只能這樣讓你知道。

二十四小時裡我其實像是一條溺水的魚，即使那些動態的內容都再日常不過了，卻還是能夠讓我窒息，只因為它們都有可能與你有關。你一直都能讓它們與你有關。

你知道嗎，喜歡一個人的時候，總是能讓生活可怕地傾斜，斜至像是一場表演。表演要有人看，要有人鼓掌。我每天都準備不重複的表演內容，只怕哪天被你察覺我的表演不過是原地打轉，每一場演出想說的事其實都是一樣的。

雖然每一次的結束，我都像在鏡子面前恍然回神，發現過去的二十四小時我不過是對著自己擠眉弄眼，沒有人真的看到。那些沒人看的表演，也不會有人知道它真的演過。

也許除了我以外不會再有人知道我喜歡你了。

那也許終究是個好事吧。畢竟我不是個敬業的演員，在你轉身離開劇院的時候我就再也沒把戲繼續下去。是吶，動態才不是二十四小時才過期，它們在被你看過之後就過期了。

「我和學長的聯繫只有ＩＧ，但那就很夠了，自從加了他，我ＰＯ文都假設他會看到，即使他不是每則都有看、每則都會按讚。這樣子很可笑吧，我和學長根本沒什麼連結，我卻還被他影響成這樣。好想要跟他說我的所有想法，但有時候又覺得，這樣很遜吧，這麼沒有自我的人怎麼會被學長喜歡呢。」

#給學長

孤獨的秩序

你第一次要來我家的時候我什麼都還沒整理。玄關的鞋子亂放、內衣還掛在窗軌上，還有一半的被子掉在地上。你站在門口等待我給你下一步指令，像是，可以進來了、東西放著坐在沙發上休息吧。但我卻像是個第一次被拜訪住家的人，慌張地只想照顧好自己的樣貌。

就像房間的門第一次被人打開一樣。被打開的瞬間總是會擔心很多事：擔心被人檢視衣櫃裡有什麼衣服、擔心房裡太雜亂但那明明不完全代表自己、擔心自己原本大方貼在牆上的海報被一一窺視。即使只是門被打開而已，根本沒有人進來，根本沒有人要探究自己的私密。

如果那天你沒有來，家裡現在會是什麼樣子呢？是不是還維持著一種孤獨的秩序。

那一次你來我家，我們吃了飯、喝了點酒、睡在一起，我不知道這些是不是理所當然——對你或我都是，是不是來家裡吃了飯就必然會喝點酒、喝了酒就肯定會一起過夜、過夜的時候就能比平常更有機會輕輕觸碰你的手。觸碰到了，是不是理所當然地代表著我們互相有這麼點喜歡。這其實是我第一次思考這些事，就像第一次房門被打開一樣。我甚至在倒酒的時候有那麼點猶豫，我不知道那會不會太過無禮，我不想因為自己的困惑而導致無禮。

我是否也曾有任何讓你無法抉擇的詢問呢？

但那都沒關係了。下次你再來，我會把一切都準備好了。我會為你把玻璃杯與酒都擺在桌上，但你知道，就算你不喝也沒有關係。那本該是你來我這裡，我該待你的事。

委託．30

「因為大學辦活動時和學妹認識，那時候對她沒有什麼特別感覺也不熟，但還是有保持一定的聯絡。這陣子不知道她的感情狀態、也不知道我自己的性向為何。直到去年和她聊天，她突然主動跟我說她也不確定自己的性向，我也才跟她坦白。從那時候開始對她有了不一樣的感覺，直到今年我才確定這就是喜歡吧。在這之前，其實我從來不知道喜歡的感覺是什麼。我想告訴她謝謝她讓我明白喜歡，我想繼續喜歡她。希望她能接受、毫無回應也沒關係，不要拒絕我單方面的喜歡就好。」

認識？

你喝醉的時候話比較少。其實我也是。可是，當我們各自搖著手上的酒杯，讓冰塊的撞擊聲取代說話時，我反而才覺得比較認識你，那種認識是相對的——只因你平常是一個那麼詼諧有趣的人，你的安靜比熱鬧還要稀少。我是說，每個人都有安靜的時候，但你的安靜卻沒有太多人見過，而我現在卻能坐在這裡，看你直愣愣望著酒架櫃上的酒瓶，那應該能代表我比較認識你吧？就像一個人面向你睡著的時候，你才能好好地仔細看他的臉。那是很難得的事。

但是我認識的是哪一個你呢，當我們的身分被生活切割成這麼多的面，每一面都有自己的樣子，包括了網路上的自己、家庭裡的自己、校園裡的自己、走在路上的自己。讀過的攝影書裡寫，當照相機拍下一張照片的時候，模特兒瞬間就會有數種「樣態」產生：攝影師眼中的樣態、模特兒自己眼中的樣態……我記不清楚了，我只是想著，如果人與人之間也是這樣，那我到底想要認識哪一個你？我要認識的是現實中熱絡開朗的你，還是網路上寡言冷淡的你？我有沒有可能都認識呢。

欸，跟你說。我有個朋友曾在聚餐裡信心滿滿地跟大家分享，他認為做一件事能夠最精準地認識一個人。他說，是散步。當我們問他為什麼的時候，他只是笑著說因為他自己喜歡散步，所以只要他可以處在最良好的狀態下，他就能夠好好地認識別人。這個回答自然是被原本以為有什麼獨到觀察的大家噓著打鬧淘汰了。但我卻一直記得這件事。

為什麼要講這個，因為我在猜，會不會一起喝酒的時候也是我們比較良好的狀態。因為我們好像都是清醒時比較不像自己的那種人。哪種人我也講不出個所以然，我只知道，過去的每一次相約，我都在想：我要用比較像自己的我見你，還是比較不像自己的我見你？我一直都沒有辦法篤定比較像自己就是比較好的事，因為當我不像自己的時候，我都是扮演著一個開朗詼諧的人，但當我要像自己的時候，我反而會變得有點不安、多疑，我引以為傲的炒熱氣氛的社交能力會崩解，對著你我會講更多言不及義的話。只因為如果要像自己，就是承認自己喜歡你。

不，其實我一直都是清醒的吧，從認識你開始就是清醒的了，就算約了再多的酒局、喝了再多的酒也都還是清醒的，我只是一直沒有讓我像我自己。我現在才明白像自己是多容易的事，相較於讓你認識我。剩下的時間，我只希望你能認識我。我相信你認識我，就會記得我了。

委託 · 31

「想讓他知道我一直都很欣賞他，甚至慢慢喜歡上他。從知道這個人，然後漸漸變得熟悉，用了好幾年的時間，但現在要畢業了，我們都要往各自的方向前進，好希望他能夠順利達成他的未來規劃，好想要他能夠找到一個人，看穿並理解他在嘻皮笑臉背後的種種不安，也希望他不要忘了我，即便我們以後見面的機會不多。」

#給Y

怕黑

「別府，雖然我說我丈夫不在，不在了不是指他消失不見唷。」
「不在了，是指他不在的這種狀態會一直持續下去。」
「比他離開之前，我更能感受到他的存在。」

——《四重奏》

你現在在哪裡呢？

這個問題並不是真的想要知道你在哪裡，只是希望你會回答我。
就像在一間漆黑的屋裡叫喊你的名字，你只要應我就好了，不用真的知道你在哪個位置。因為我知道你一直都在某個地方，只是不說話了。

而你太久不說話了，久到幾乎讓我有些怕黑。

我寫這封信的時候是晚上，剛下班。正在租屋處吃著微波過的公司便當。這種時刻真容易胡亂想起一些人。因為自己一個人，燈光昏暗，還坐在稱不上餐廳的餐廳，租屋處哪有什麼空間規劃可言，甚至紙箱搭起來就能變一張桌子。因為晚餐太重要了，尤其在西式教育裡，晚餐必須豐盛完整，晚餐可以吃牛排喝紅酒。晚餐很適合約別人一起吃。

我們上一次一起吃晚餐是什麼時候的事了？我們曾經吃過那麼多次的晚餐，卻完全想不起來最後一次是哪次。我想可能是二十三歲的某個分界點吧，你知道嗎，五年後回頭看那個年紀，發現二十三歲滿滿都佈著稜線與低谷，改變是睡去再醒來就要發生的事——某一天就突然聽說你要離開了，離開我們，離開去哪啊？大家都說得不明不白，但我很確定你不是真的為了離開我們而離開，你只是為了離開自己的生活，而我們曾在你的生活裡。

從你離開的第一天起，我就有著可能無法再認得你的心理準備了。雖然離開不代表結束吧。就像現在我也已經離開了那座遍佈我們晚餐足跡的城市兩年多了，我還是會想起在那裡發生過的事，想起我們吃過的好幾家餐廳，想起求學時候念書的日子、考上同一所大學……像想起自己曾是怎麼活著那樣地想起你。

上個月看了一部關於四個好友在生活中變化與尋覓的電影，日常且漫長，裡頭有一句台詞是說：「我的心比眼睛還要快愛上你。」我就想到了你，然後偷偷把句子換了一些字想要送給你：

「我的心比眼睛還要慢忘記你。」

我想要說，我可能不認得你了，但我會記得你。如果有天我們還能再碰到，你可以忘記我，但要認得我。那樣我才會知道，離開不是真的代表結束。

委託・32

「我一直覺得我們是好朋友。高中時一起吃飯讀書、考上同所大學，買了同款的腳踏車，努力一起擠出時間修同一門課；我們同時畢業同時出社會上班，不再像以前一樣密切，但有空時還是會一起下班吃個飯。直到某天我從共同朋友那裡聽說，你要去某宗教團體的場域修行，那年我們二十三歲。我不知道這是你倉促抑或是深思熟慮後的決定，也有段時間不諒解你的不告而別，但現在我想告訴失聯的你，雖然沒有你消息的日子即將大於生活中有你的日子，但你一直在我的生命裡不曾離開。希望你大致上過得很好。」

#給烏

退伍倒數

今天是我在這裡的第六十二天，也就是兩個月又多一天，你知道嗎，在軍中很習慣會這樣算日子，因為講起月分總覺得比較輕鬆一點，現在要是有誰跟我說，你還有六十天喔，我一定會揍他，強迫他改成：你剩下兩個月了，已經過完一半了。

是沒有你的第三十一天。我看著電子錶上的秒數跳動時，心想著如果時間的每一分鐘、每一秒都是一個小空格的話，我肯定是在每個空格都把你擺進去了。這樣聽起來壓力會不會太大呢？好吧，其實還有那不斷答數「一二一二」但卻始終沒有讓我的人生前進的踏步。

也是你展開新生活的第三十一天。我知道的，我知道其實外面的時間和軍營裡的時間是一模一樣的，但是，比較想念的那個人總會感覺時間比較慢。那可以說人其實是善於痛苦的動物嗎，明明同樣是一分一秒，卻總能潛泳進更深的地方，讓痛苦變得更精緻。

可是我的痛苦一點都不精緻啊。我看大家失戀的時候都好有質感，讀詩讀小說讀到哭的啦、一個人流浪到酒吧獨飲的啦、特別剪了頭髮的啦……我在這裡什麼都不能做，在營區裡恍神地聽鄰兵分享他喜歡的ＡＶ女優，放假時候就回家打電動，什麼都不想做。我把電動裡的角色練得等級非常高，後來升級的經驗值要求越來越巨量，可能一次假期也沒辦法讓我升完一級，我甚至因此感覺到喪氣。幹嘛說這個呢，只是想要跟你道歉，歉疚於我老是覺得我失戀的方式應該要再漂亮一點，才比較對得起你，因為你是那麼好的人，好到我覺得需要維持自己的自尊。雖然此刻，我正在為我自己無法維持自尊而道歉。

一直道歉是不是很無聊呢？不，當兵的男人就是個無聊的生物吧，聊電動的男人想必也是。那願意再聽我說最後一件事嗎。站夜哨的時候，我都會抬頭看天上的星星，雖然我對星象完全沒有概念，小學自然課拿著星盤每天只知道一直亂轉，但是我現在還是可以專注地觀察這些星星，看久了好像還真的記住了每顆星星的相對位置，以及星空大概是怎麼樣子。

喔，講這個只是想說，你跟我提分手那天你也跟我說了對不起，雖然當下我講了有點難聽的話，但現在滿後悔的，我應該要說沒關係的，沒關係的，其實你就是我看見的一顆熄滅的星而已。星星熄滅了，我明天還是會站在哨所守夜，後天也會，下個禮拜也還是會，一直到下個季節我退伍的前一天也都還是會。那個時候星空會變得有點不一樣了吧，原本在視線正中央的，可能會變得比較接近邊邊了。那時候可能再睡一覺，你就會不見了。

委託 · 33

「我被你兵變了，但我卻一點都不怪你，可能聽過太多兵變的故事了，在入伍的時候就已經有一點心理準備了。你現在過得好嗎？我還是有很多事想要跟你說，但也沒什麼，就那些當兵的無聊事。」

你一直都在那裡

感覺已經快要忘記你時，只因為聽見了第一次認識你你曾分享給我的歌曲，一切就都回來了，維持了好久透明的生活，又被染成了另外一個顏色。我又得把全部的生活都倒掉，你知道嗎，倒掉的意思是又要開始討厭自己了。

我們好像總是被教導蒐集而忽略了丟棄，嬰兒時的我們，不過是首次握起了一小塊積木，就能夠收到大人們的驚喜與愛戴，為什麼呢，明明握住拳頭與張開手掌都得花一樣的力氣。就像我們第一次跳起來一樣，不會有人留意我們是怎麼落地的，只因為地心引力太過理所當然了。人們以為，相對於記住，遺忘也只是墜落的一種。

但是遺忘真的等於墜落嗎。我只知道在我失去你的那一刻起，我開始朝著一個未知的方向一直艱難地走，像是科幻小說又像是某種恐怖小說，無論如何都不能回頭。而我也真如小說裡最慘的結局，在最後幾步功虧一簣：只因為聽見了歌，將頭輕輕地偏了一些，就被拉回原點。

簡單一些的比喻，大概像橡皮筋一樣，彷彿越是堅強，瓦解時的拉扯也就越大。或許堅強並不是個好解嗎？畢竟拉到底扯斷的橡皮筋，最終還會把殘留的那一段，懲罰似地彈回來一次。

啊，村上春樹某本書裡曾有個句子，「要表演吃橘子的時候，你不能想像這裡有橘子，而是應該忘記這裡沒有橘子。」我常常在想這句話能不能應用在感情上。我的意思是，或許在離你遠去的路上，我不應該時時刻刻提醒自己不能回頭，而是應該忘記自己擁有回頭的能力，事實上，你一直都在那裡——在網路社群上、在朋友的聚會裡、在聯絡人裡。除了還是可以在你的社群檔案上徘徊按愛心之外，甚至我仍然可以撥電話給你；要找你，循著舊地址也定能在你家門口等到你。

但這一次我想要忘記我自己有能力做這些事，徹底當一個軟弱無助的人，只因為無能為力而不得不出走。也許就不會像橡皮筋一樣被扯回去了，也許走得很遠也依然還是可以撥電話給你，也許那時候我會擁有的是更無謂的恍然。

「原來我還是可以撥電話給你，但已經不重要了。」

「忘掉一個人怎麼這麼困難？但我不能再跟他說話了，再繼續說，忘掉他的日子又要往後推一天。可以幫我傳遞給遙遠的他嗎？好想讓他知道這段時間我多麼難受。」

#給瑜

在月亮上相見

我永遠記得有人告訴我月球上不能住人的那個下午。也許是幼稚園左右吧，姨丈看了我在客廳白紙上的塗鴉，很打趣地跟我探問：這個是在畫什麼？噢這是花呀。那個人在做什麼呢？接著他就看到了我畫成香蕉形狀的月亮上有個小小的人影躺臥在上面，不知道哪裡來的興致，忽然就一派正經地跟我說，月亮是不可能有人可以住在上面的喔。然後開始講一些氧氣或重力的事情，總之是我那個時候不會懂的詞。

在那之後我再也沒有把任何物件畫在我圖畫裡的月亮上了，每當我畫完月亮的鉤，就會想起姨丈告訴我月亮不能住人的那張臉孔。我完全沒有能力反駁，長大以後翻開科普書，發現姨丈所言如是，而且，月球並不是小時候畫的那樣——光滑淨美、散發著金澄澄的光芒。月球不過是一個不太好看、充滿坑洞及碎石末的黑暗球體。

好長一段時間裡，我看著圖畫上的月亮一片空蕩，覺得很沮喪也很孤單，但是在理解上又不再允許自己為它增添任何東西，彷彿意思是，它理應就是這麼孤單。

你一定能夠明白我的沮喪。但你不會知道了。當你母親打電話告訴我你去世了，那是個再普通不過的傍晚，我正好站在辦公高樓的落地窗旁。我們六年沒見了，我一直都想像著你在台北的某一處持續地生活，或者說，你沒有理由不繼續過活，你一樣會大學畢業、體驗職場生活、經歷更多的戀愛與離別。其實我的這些想像一點根據都沒有，也許就像是把人畫在月亮上一樣。

但現在，我感覺眼前整片的市容燈火裡有一盞光亮突然熄滅了，我找不到是哪一盞，可我就是知道它熄滅了。然後，我再也沒辦法想像它重新亮起來了。沒辦法再想像亮起的燈底下有你自在地過活。你會不會其實是個祕密住在月亮上的人，在我無法再相信時繼續在月亮上過活，在我想起自己曾經相信的時候消逝。

我並不責怪你母親，畢竟鋒利的並不是說話的人，而是話裡面的事實。而想像與不能想像，無論何者終究都是離事實那麼遠。

你要好好的，我會去看你。

「以前的情人因病離開人世了，我的心沒有劇烈的疼痛也沒有悲傷，只覺得很空虛。請你幫我寫封信給在天堂的他（我相信他會去天堂的）。」

#給ㄉ

大富翁

有一次逛桌遊店的時候，看到了一款很喜歡的大富翁，沒什麼猶豫就買下來了。等到回家的路上，才想起來住所幾乎沒有客廳可言，唯一擺得下這款桌遊的小飯桌，上面長年被我擺滿了化妝品和日用品。

到家後我也沒有把桌子整理出來，只是索性把一切家具都盡可能地推到旁邊，在地上攤開了大富翁，發現也不是不行，你應該知道的，生活有時候就是不合腳的鞋，穿上去只要能走就不成大問題。於是後來很長一段時間裡，我和朋友們都這樣克難地挪出空間，席地而坐來玩它。

一直到你來了。在我展開大富翁的地圖時，發現你無意間瞄了一眼我那張堆滿雜物的小飯桌。那使我突然察覺到，我不能再這樣下去了。也許我們更適合在桌上玩大富翁。

所以你能不能在門口待一下，或去樓下散步、去超商買啤酒，都好。等我把桌子清出來——也許是把整個房間都整理好，然後你再進來，然後我們再一起玩大富翁。大富翁不會跑走，我也不會。

委託 · 36

「在我還沒準備好進入下一段感情的時候，就遇到了一個還不錯的對象，但我不知道要怎麼告訴他，想叫他等我一下，但其實我也不喜歡讓人等我，好矛盾，可以幫我告訴他嗎？」

#給豚

前進必須是一種分離嗎

有一個年紀裡好害怕聽到改變。聽到喜歡的人說，他以後想要出國，他想要開始重新規劃生活，他想要搬走，聽到這些就會有一種，看見未來的天空團聚著烏雲，已經能聽見雷響的景象，只是雨還沒降下來而已，或者只是因為自己還沒有走到那塊雷雲底下而已。你知道，有些雨是你要走過去它才會開始下的，就像是上天精心為你準備的一樣。

其實我到現在還是有點害怕聽到。但我不應該是個害怕改變的人啊，何況現在並未真的過上了理想的生活。可是，跟你相處在一起，有很多時刻我都會冒出「希望這一刻永遠不要結束」的想法，這些想法都是輕而快速地劃過心際而已，就像我有時候會突然注意到你眨眼睛的瞬間。我常常覺得這些瞬間很恐怖。我是說，感覺到幸福並耽溺在其中是一件恐怖的事。

我希望你也會有這種想法，不要擔心，這些想法並非糜爛或消極，並不是「好想永遠和對方爛在這裡」荒廢式的戀愛，有的時候只是希望自己跟對方的腳步能夠一致——我們變老和變好的速度能夠一樣。我感覺每一次戀愛其實都是在校正自己的速度——如果要用最俗濫的比喻，人生是一場長跑的話，能夠一直跑在一起的人是很不容易的吧？

想要跟你說個應該沒說過的小故事。在我小學四年級的時候有一個暗戀對象，某一天突然聽說他要搬家轉學了，轉到一個龍什麼的國小去，當然是個完全沒聽過的名字。那時收到消息的我整個世界都要崩毀，畢竟對於一個從未搬過家的小孩子來說，搬家這個詞就等同於從視線裡消失一樣，不，是從世界上消失。他當然也就毫無轉圜地消失了。

後來我升上大學開始騎著機車在台北市遊歷，檢索所有經過的街景及地標，才驚覺他以前轉的那間國小，就在我讀的大學旁邊而已。而我讀的大學就在我家附近。我的意思是，他其實根本沒有消失，甚至根本沒有遠去。

我想說的是，或許未來我們不會跑在一起了，或許我們會有離別，但不是傷心的那種，而只是像是嬰孩脫離學步車那樣的必然。又或許我們各自跑開一陣子後又回到一樣的軌道。更久以後我們回頭看，會發現當時所有發生的抉擇與離別，都只是因為我們不斷地在前進。對吧，你說。

委託 · 37

「我經營著一段差距很大的姊弟戀，他才大學快畢業，但我已經是辦公室的主管職了，最近聽到他未來想要出國念書，五味雜陳，大概是我對跨國遠距離沒信心吧，但又為他的人生規劃感到開心，而且，作為年紀比較長的人，好像更沒有理由鬧什麼脾氣。是只有我這樣嗎？寫這個委託只是希望這個心情被寫出來，我可以發現不只我是這樣。」

分擔孤單

擁有祕密到底稱不稱得上一件好的事情?祕密意味著,你跟某些人有著特殊的情誼,所以你才有機會可以得到這些祕密;但同時,真正的祕密是不能說出來的,所以你得一直把它拽在懷中,在聚會裡、在每一個人的對話中。擁有祕密的意思是,從現在起,你要當一個不知道祕密的人。明明你本來就是個不知道祕密的人。

但其實到現在,我已經忘記不知道祕密的人,究竟該是怎樣的人了。自從妳和我講跟他的關係,我每一次看到他都像是故障,不是那種全然當機的故障,而是像齒輪間摻進了小碎石和小缺隙,在運作的時候總感覺隨時會停擺。妳可以懂我在說什麼嗎,我碰到他時，我還是會跟他說著平常的話，但我卻會清楚察覺到自己正說著「平常的話」；我一樣會在他面前眨眼睛吞口水，但我彷彿無法再讓這些動作維持單純了。

我記得在我國小時，班上曾經舉辦了一個護蛋活動，妳有沒有玩過？也許根本不能算玩。導師會發給每個人一顆雞蛋，並且勉勵同學們在一段時間裡面能夠保護它、不讓它破掉。這個活動的用意是要讓小孩們懂得愛惜及守護，然而自這活動開始之後，我無時無刻都掛心著蛋的安危，就連去個洗手間也提心吊膽。那樣的我最後在某堂課裡親手把蛋捏破了。

也許給予艱難的祕密就像是給予一顆蛋，輕輕經由一個交付的動作就能夠讓他人也負擔責任。但我現在並沒有要像捏破蛋一樣把責任給毀滅，因為早就來不及了，這個祕密已經改變了我。J，我只是想告訴妳我很痛苦，只是想讓曾經一派輕鬆的妳知道，說出祕密的用意是分擔孤單，但分擔的方式是把對方也變成一個孤單的人。

「自從好友跟我講她跟某某劈腿的事之後，我就好崩潰，我們的交友圈很重疊，我每天都好像在說謊，同時間甚至覺得當初要是沒和這個朋友這麼好，就不會有現在的情況了。我好想要問問這個朋友，為什麼要告訴我呢？為什麼要在那天吃飯時毫無預備地就跟我說？也許我根本不想知道。」

#給J

健忘的人

醒來以後，全世界都忘記我了。我是指，全世界都忘記我是一個健忘的人了，只有你還記得我是個健忘的人，但你還是只說了一次再見，你知道再見若會說第二次就不是道別了。

但是其他人都用我不是個健忘的人的方式來跟我說話。家人會有點難置信地說，你不記得了嗎，你跟前男友已經分手了；便當店阿姨好奇問，之前每次都會一起來的男孩呢；咖啡店老闆關心我，是不是還在花蓮上班呢。時間問我，你過去的一年在哪裡呢？

我忘記了。我是指，我偶爾也會忘記自己是一個健忘的人，我以為我記得自己過去的一年發生了什麼，但是當我打開日記本一一細數，卻沒有認得任何一項事物——過去的一年到底在哪裡？我努力地回想，卻像是小時候下載到的盜版電影，總是有什麼格式或剪輯的錯誤，讓影片播到一個秒數的時候就直接跳到下一段；那樣的瑕疵其實不會真的讓人看不懂，只要電影持續播放，就能夠大概推敲出，哦，中間被跳過的那段原來發生了什麼什麼。

就像現在一樣，一年前的我和一年後的我，我知道都是我，但不同的是，我現在才剛要開始跳過後的段落。

那天我在車站看到了你，一年前的你和一年後的你似乎沒有不一樣，甚至還穿了我曾為你挑選的衣服和鞋子。這種時候，我突然又不是健忘的人了，我記得你已經說過再見，我記得我現在的樣子已經沒有那麼好看，我記得要站在原處哭泣。

我會記得這是場電影。但是面對被跳過的片段，我不會一次又一次地重複比對了，也許我現在更需要的是把電影看完，就換下一部；那些被跳過的片段總會有平反的機會——就像我們總是在長大以後再次觀賞到那些盜版電影的完整版本，發現自己是因為那個被跳過的片段，才如此牢記這部電影。

委託 · 39

「我今年初發生了一個感覺是滿嚴重的車禍，腦出血昏迷，前一天剛跟交往一年多的男友分手，醒來後瘋狂的找他，因為我忘記我們已經分手了。後來休養的時候家人跟朋友都說已經分手，我也就是釋懷一點，後面因為醫院沒有病床，就直接出院；結果回家後腦出血沒有吸收好，又一次失去一年的記憶。

我想讓他知道，即使我停在了還愛他的時間，仍然是非常幸福也很開心。想念的時候我就去有他的地方，做他做過的事，我願意繼續帶著我們的記憶，繼續給予祝福。」

#給恐龍

徒勞

我沒有想過那夜會是我們最後一次談話了，當我看著我們交換了帳號卻沒有再被讀過的訊息，我才終於發現這件事。那其實也是我們第一次談話，憑我的印象，我們聊了很多事情吧？聊了政治，政治聊完換到電影，再接著是展覽以及喜歡的藝術家。夜晚就是這樣的，大概太過安靜，總讓人以為把聲音聽得很清晰。

你讓我理解到沒有企圖心的交談是最快樂的溝通模式了，我指的企圖心是，沒有要說服什麼、沒有一定要把什麼講完、沒有在說話的背後隱藏任何的動機，而是想到什麼就聊什麼。就像散步一樣。而那小小的聊天室就是我們整晚的公園，雖然我們沒有走完，我們不過是從暗處走回路燈下，就決定走散了。

我知道，我知道我們終究是在意表象的人，誰不喜歡自己覺得好看的人事物呢？就連覺得自己比較不好看的我，也都會揀選了，所以我一點也不責怪你的撇頭就走。我只是有點好奇，在我們交換其他社群帳號的前一刻，你想的是什麼呢？會是早已預謀轉身就走的「要是長得不好看就直接裝死封鎖吧」呢？還是「這麼好聊，要是同時是正妹就太好了」。當然，也不排除是有點理想的「聊得這麼合適，模樣不一定重要」，如果是的話，我會有點開心，即使你最後沒有實行，但至少曾經想要對抗。

寫著寫著又兩點了。此刻的你，是不是又回到了那個小小的聊天室裡，不斷地退出進入，好找到一個異性聊天？聊什麼都好，因為你可能不是真的要認識一個人，只是希望有人認識你。你會說，嗨，怎麼還不睡？那樣疲乏的問句。也許那是我不會再回去那個聊天室的原因——我沒有辦法接受自己那麼疲乏，疲乏得像是全身光溜溜地走到別人面前，沒有索求擁抱也沒有跑走，只是把雙手攤開，用一無所有的樣子說，嘿，我這裡只剩下寂寞。

「在wootalk上聊了一個晚上的男生在加LINE之後就消失了，我猜是因為我長得不好看吧。對於這種事我已經不再感到受傷了，而是常常想問，那我們前面那段時間到底在幹嘛呢？我也不好再傳訊逼迫那個消失的男生了，如果他看得到，能幫我問問他：如果結果是消失，那我們前面那段時間在幹嘛呢？」

#給深夜男子

模樣

「喜歡一個人孤獨的時刻／但不能喜歡太多」

——鴻鴻〈太多〉

一個多月沒見你了。也很少見到路上人們的面孔了，大家都覆著口罩，有人還加裝了護目鏡，戴上了手套；每個人要經過別人的時候，都會微微壓低身體，好像這樣真的會走得比較快（或是比較安全）。看不到人們的面孔，也就看不太到表情了，我想到以前看過一篇文章說曾有人實驗僅用眼神的照片來判斷被攝者的情緒，想不起來那個測驗我究竟有沒有全部答對了，就算全對，我現在也無法判別出人們的情緒。

包含我自己的情緒。面對著電梯的對照鏡，我發現我也很久沒有見到自己了，以往密切相處的我們，並不真的需要鏡子，彼此總是能夠藉由對方來掌握自己的模樣：幾顆新冒出的青春痘、未淨的鬍碴、眉邊的雜毛、才撕過死皮的嘴唇；以及許許多多連動的情緒——我只要笑，就能夠逗你笑；我要是沮喪，你也會靜下來。

但這段日子照慣了鏡子，我也才察覺到自己並不是隨時隨刻都想要擁有表情。不是一走到鏡子面前，就一定要擠眉弄眼，或是咧嘴皺著鼻子去拉扯自己的五官和臉頰，而不做那些，也不代表我就真的對鏡子隱瞞了什麼。反而有更多時候，我會選擇直視它，做一些類似發呆、或是比發呆還要更純粹的事。坐在鏡子前，彷彿用一種無以名狀的方式堆砌起來，又或是沉澱、落定？把我的所有感受與心情歸納得更像是一座房子。一座孤獨但卻穩固的房子。

孤獨是想起陪伴，但不一定需要陪伴。

我喜歡照鏡子確定自己的孤獨，但是，我會試著不要喜歡太多。

你是否也開始練習照鏡子了呢，又或是不照鏡子，做任何事都好。讓孤獨發生。洗洗房間滿佈灰塵的紗窗、追完一直在清單上卻沒勁起頭的美劇、一整個晚上都不說話只做盡安靜的事。任何事都好，當我們的生活不再有辦法隨時做對方的鏡子時，做任何事都好。

M，雖然孤獨是無法完全被解決的，但我們仍要不斷試著處理它。答應我，見不到我的時候，就見見自己，好嗎？

「忙碌的我沒辦法頻繁回覆他的訊息，他也因為對我的忙碌束手無策而感到無助，而距離的遙遠也讓他感到空虛。這讓我感到很受傷也很無奈，我愛他，希望他快樂，也希望在沒有我的時空裡他能擁有他自己，也能夠因為獨處而感到快樂，因為我討厭那個讓他感到受傷的我。

我想告訴M，因為疫情隔開了我們的距離，雖然更加想念，但我相信藉此短暫成為自己，也值得擁有快樂，而不是時時刻刻受到對方的情緒牽制，我們有機會能夠整理好自己，再回來，手牽著手繼續相愛。」

#給M

信抵達的地方

前天我又寫信給你了，然後你在昨天回了一封很長的信給我，我們老是這樣信件往來，脫不出縝密及嚴謹的對話，就連此刻，我想和你談談我其實沒有那麼喜歡寫信這件事，也還是得寫信跟你說。

我還記得前天的信裡我寫了什麼：寫這一兩個禮拜裡吃到最豐盛的一餐，寫第一次被路邊的野貓蹭，寫去超市卻找不到最習慣的洗髮精，寫信給你是這樣的，好像將一段時日的生活不斷過篩，篩出一個最精華的重點，再用精美完整的包裝把它包起來，輕輕敲你的家門說，你的包裹到了，然後在你還沒趕得及出來領時就把貨留下人離開。

所以我都記得自己寫過什麼。畢竟在寫信之前，我也得花很長的時間，去思索我想要告訴你什麼，或是回頭翻你寫的信，檢查什麼話題該延續，什麼問題漏了回答。這是我對你的緩衝，之於美好得體的你，能力不足的我的一段緩衝，讓我可以偷偷地用勤勞來補足自己的漏洞。

只是，花很多時間去準備說的話，算不算是真心要說的話？就算精心準備的話語沒有不真誠的疑慮，我們的溝通好像也就只能這樣了，橋樑與橋樑之間沒有陸地，你蓋完一座橋，就接著換我，必須時時刻刻在意銜接。偏偏你橋又蓋得那麼好，要一起停在陸地上儼然成了一個突兀的提議。我們沒辦法停下來說一些簡短的、毫無前後文的話，像是你在幹嘛，你要不要吃飯，欸這首歌很讚你聽一下。

寫信很好。你說的話也很好。好到我沒辦法再靠近你一點。

我們這兩座橋，不知道最後究竟會通到哪裡，我們所在的星球上，不會全部都是水吧，總會有陸地，或是礁石或是淺灘吧，什麼都可以，我只是有一點害怕那裡什麼都沒有，如果真的什麼都沒有，我應該會有點難過，但又好像可以接受，畢竟在我的認知裡，橋不是一定要抵達什麼有用的地方，它可以僅僅是經過的證明。水會記得我們，魚會記得我們。我會記得我們。

在我尚未成為讓你停下的理由之前，我都會這樣相信。

委託 · 42

「我們一直都是以一個有點距離的聊天方式在聊天，大概就是把訊息打得很長很長、有點像是在寫信吧，等到對方有空了才回，快的話可能一兩天、慢的話有可能拖到兩三個禮拜不等，雖然我還是很常埋怨他回得太慢，卻也適應了這樣的相處模式。我對於這樣的聊天方式能維持三年感到很詫異，我們並不是那麼密集地在關心對方的每日生活，而是一直站在一個帶有適當距離的地方互相給予溫柔。我想要記錄一下這個陪我走過三年的人，這個我後來才發覺自己好喜歡好喜歡他的人，他參與了我最忙碌也最迷惘的日子，不管最後有沒有結果，這段時間的陪伴對我來說都是一段非常珍貴的回憶。」

#給H

離開

我們是什麼時候走到這裡的？等意識到的時候，身邊已經是一片無際的空白了。回想我們來時的路，一路上該是很美好，我們會說愛，我們會等對方睡著，我們的四肢曾經像枯木一樣在一起燃燒——是這樣嗎，如果感情是火，那是不是意味著一定要消耗其他的事物，不論是隱形的氧氣，還是終將要成為灰燼的某些燃料。難道說身邊的風景也是一種燃料。

我想知道，你是否也有看到我們周遭的空白？噢，也許不該說是看到，而是，你有沒有感覺到空白呢？那些感覺，常常像傷一樣鑽進脆弱的隙縫裡，例如說，剛好前一晚沒有說到太多話、卻又突然想起我們的隔日早晨；或者僅僅是，在等候你回覆訊息的那短短幾分鐘。但那又不是傷，即使隱隱作痛也不代表會流血。就像空白不代表任何地方，你知道吧，空白不代表任何地方，不代表荒蕪或是虛無，也不是什麼墳場或囹圄。

空白就只是空白。空白是我們不確定自己在哪裡；是我們應該要前往某個地方，但是卻停下來了，而一旦停下來，就迷路了。就像是我們明明能夠如流地背誦著一篇文章或是憑記憶演奏一份樂譜，但是當自己想要在腦海裡確認背到哪個段落的時候，一下子全都斷掉了。然後，彷彿就懸宕在所有記憶的最中央，看得到一切，但接不了前面，也沒辦法再繼續往後。如果愛也是一個連續動作，是不是必然有這樣的時刻？在被阻斷的時候，發現自己所做的，並不是每個都代表愛。

我只是想要知道，你有沒有感覺到我們的停滯呢，這些停滯並不是結束，就像是那些文章和樂譜也不是真的忘記，只是一時想不起來；此刻的我，只是一時認不得自己在哪裡，也因此對原本的目的地失去了信心。會不會此刻的我們，迫切需要的不是抵達某個地方，而是一起離開這裡？告訴我。

委託 · 43

「記得有人說過『愛是責任』，我不知道我現在對你的感覺，是不是一種想要對這段感情負起責任而繼續愛的心態，我仍然喜歡你，但我不知道這算不算是愛。我有些害怕，我怕你是不是也這樣想，我怕未來我們就這樣生活下去，但我也害怕分離，我害怕改變，卻又害怕不改變最終只會使我們越來越遠。」

#給L

友情詩

想起和想念是一樣的事情嗎，應該不算吧？想念感覺要再更深一步。如果只是想起的話，就只是像吃飯喝水一樣簡單而已。

事實上，我這幾年很常想起你。同婚法案通過的時候想起你的「未來」，走在遊行隊伍裡面想起你可能也在。上次就只是滑手機滑一滑，突然想到很久沒看到你的消息。其實就是那種真要突然找你敘舊也會有點尷尬的，那種想起。

接著看到追蹤的詩專頁分享了一首情詩，恰巧是你當時曾送給我讀的詩，那時我不知道哪根筋不對，讀完就說，這麼纖細的想法，作者一定是女生，如果不是女生，一定是個男同志。你沒有對我的猜測有太大的回應，只是說，作者的性別有這麼重要嗎。

也許真的不重要。你可能不知道，而我也沒有想到，多年以後我會走進快時尚選物店的女裝部，只為了找一款版型好看的寬褲；進到職場前選用香水時，挑了一款比較接近花香調的味道。即使當我篤定地跟店員說就這一瓶了，她看了看我的身型補述了一句：「你好特別，這款比較多是女生在用喔。」

那有什麼關係呢？我在心裡這樣想，喜歡這個味道就好，就和從女裝部買到的寬褲一樣，覺得好看就好。覺得適合就好，而這個適合才不是別人說的算。只有你自己知道自己是怎麼樣的人。

對了，最近我也開始讀詩了，想著既然我們要聊天也會有些尷尬的話，那我也挑一首送你好了，好嗎？這樣彷彿完成了學生時代交換歌曲的默契，只是，我是在好多年後才完成它。

我挑的是一首情詩，但是希望你讀完的時候，不要在意它是不是情詩。

「最近突然想到以前曾經跟我告白的一個男同志（我是異性戀），當時我不知道要回應他什麼。大概在一年前還有偷偷點進他的直播看，看到他跟他的同志朋友在直播裡很瘋，覺得他大概過得很好，這樣我還記得人家對我告白的事是不是一種自大。雖然過去對他可能沒有到傷害的程度，卻還是有一絲絲莫名的愧疚。可以幫我傳達這樣的想法給他嗎？」

#給X

赤裸

你知道人在什麼時候最赤裸嗎？不會是我穿著內衣在你的房間裡遊走的時候。也不是上完床以後全裸也不蓋被子的時候。是穿衣服和脫衣服的時候。因為這兩個動作都是一個過程，是過程，就會有破綻，會被看見是如何偽裝自己、又是如何把自己拆回原型。

所以我都不在你面前穿衣。跑進有半身鏡的浴室裡，對著鏡子才慢慢穿上，穿上之前，我總是會凝視鏡子裡的身體，摸摸胸前的抓痕或傷疤、摸摸臉、揉揉眼睛，感覺好像在確認自己存在一樣。存在在你的浴室裡，和你的牙刷漱口杯刮鬍刀一起。但是，我不會在這刷牙。我馬上就要離開了。

穿好衣服前是愛你的我，穿好衣服後，就要是一個可以俐落離開的人。

我懷疑你是不是永遠都不會注意到這件事。畢竟每天早上醒來，你總是先確認手機、檢查來訊，甚至瀏覽起晨間新聞——對，我想你永遠都不會注意到。不會注意到我在浴室裡做了什麼，不會注意到我觸碰自己的身體是因為感覺快要消失了，不會注意到裸體的我與穿著衣服的我有什麼差別，確切來說，你大概比較喜歡裸體的我。

你只會點一根菸來抽，就在房間裡把它抽完，反正你把天花板的火災警報器封起來了。我討厭菸味，但還是會在房間裡等你把菸抽完再跟你道別，不知道為什麼，那一段時間裡很親切，彷彿可以驗證，你就是一個會把火災警報器封起來的人。而且，你抽菸的時候總看起來有點哀傷，跟你說，我把喜歡看見你哀傷這件事當作自己想要傷害你的證據，偷偷設想我若是講了什麼，能夠讓你的表情比現在還要哀傷一點點。不過，我並不希望自己是刀，為了別人而變得銳利，比為了別人而變得軟弱還要糟糕。

搞不好你有沒有更哀傷根本不是重點，重點其實是某個時刻我可以不再耽溺於你的哀傷。也許在你把菸點起來之前，我就將東西收一收直接離開，讓你擁有哀傷，卻不再有人看見。那代表我起床時動作要再快一點，或是，不用特別去浴室，那就省下一點時間了。有一天，我要可以在你面前穿上衣服，而且，不會擁有任何破綻。

委託 · 45

「不知不覺就變成別人的小三了，是炮友小三，而且還暈船了，實在搞不懂自己，明明是個爛人，怎麼還可以暈船啊？仔細想想，其實絕大多數時間我都是恨他的，恨他劈腿也恨他對我一副滿不在乎的樣子。除了這樣也不能做什麼，就連現在我恨他都得靠委託來傳達，我覺得我自己也有點可恨。」

純粹

有一種說法是，當一個藝術品出現了偽造的贗品，那麼原本的真品就再也不能是百分之百的真品了，因為一旦贗品出現，就會有人信仰贗品，「真實」這件事就變成需要分辨。而需要辯解的真實不能算是真實。

愛情也可以用這種角度討論嗎？當愛上第二個人之後，最真摯純粹的愛就不復存了，因為只要有了第二個愛人，愛就會有了比較的空間，我們會不自覺將它抽絲剝繭，實則生活的細節，虛則內心的感受，用這些判定，像是，喔，因為我會在他身旁開懷地笑，代表我應該比較愛他；但是，比較不愛的那個人又不能說就不是愛。

所以，你比較愛誰呢？是第一個的我，還是後來的她？天哪，這個問題真像是無理取鬧，又像是老掉牙的言情小說會出現的橋段，但是，我還是想問啊，我還自負地覺得其實很多人都想要問吧，但通常在意識到這個問題的不合理後就煞車了。可是，愛本來就是不合理的事吧，就像我們常常三姑六婆地議論別人八卦：誰誰誰之前的對象條件這麼好，為何會選現在這個相對遜色的對象呢；所以面對不合理的事提出不合理的問題，應該是負負得正吧？

可是我有時候又想，為什麼一定得量化愛呢，我一直都希望愛是能夠均分的，或者是說，它不需要經過「分配」這個過程，當我給出去的時候就是全部，就是一樣的東西，就是所有我愛上一個人時所會做的所有事。就像是餐廳固定給出的標準套餐一樣，萬年的菜色與搭配，永遠忠誠的份量與品質。然而卻不是這樣的，愛的交換似乎比較像是自助餐，我供給的菜色會換、菜量會變、選菜的人喜好也不一樣。

真抱歉，我直到最後一刻仍然在比較。我其實知道你沒辦法給我答案，在更遠的未來我愛上其他人了，我也沒有辦法給出答案。不合理的事情本來就沒有答案，憑什麼自助餐裡你只給了我一碟青菜，卻給了她滿滿的全餐。那就是愛吧。那就是愛。

委託 · 46

「成為一個人的初戀，接著再被取代的感覺有點不甘，雖然我本來就覺得初戀通常不會有結果。大家都說初戀是愛情的原型，我現在看到他交了第二個女友，看起來好像比跟我在一起快樂很多欸，好想要歇斯底里地問他一些問題，隨便什麼問題，無關緊要的都好，來滿足我奇怪的心理狀態。」

不安

每一次瞄到你手機跳出來的訊息時，我都會有一種奇怪的感覺，有一點點罪惡，就像是在咖啡廳聽到鄰桌的八卦一樣，就算是知道了不見得想知道的事，還是會像個小偷一樣；但同時，好像又沒什麼大不了，一來是你從來沒有在我面前遮掩過，二來是我或許太熟悉你了，能夠從短短幾則不小心看到的句子，推測出大概的語境和關係。

但是它們卻還是會在心底種下一顆種子，一顆不會冒芽的種子，不會長成無法收拾的巨樹或有毒的豔花，就是一顆種子佔在那裡。就像你房間裡那些放在抽屜裡的盒子一樣。上一次搬家的時候我問你那些盒子要放在哪裡？你面無表情地說就放在最下層、最裡面的地方就好。靠著角落貼實。你沒有順口說明盒子裡裝的是什麼，而我也沒能問，甚至不敢輕搖，它就擺進了最深的地方。最深意味著，我倘若真要問起，就要進到你房間，以一個不是主人的姿態打開你的抽屜，挪出抽屜外部的物品，才能把盒子抽出來，請你解答。

為什麼我們就是想要知道所有的事呢？明明一個人不可能知道所有事。明明一個人就算知道了所有事情也不能做什麼。我喜歡的小說家說，寫全知觀點的小說不代表你能控制所有的角色，無論如何他們都還是各自擁有自己的生命，全知的創作者不過是在故事裡看得更仔細而已，然而仔細是非常辛苦的一件事。

我其實並不想要辛苦。我也知道，也許那盒子裡什麼都沒有。也許我要的不是一個像答案的答案，我要的只是一個比較像擁抱的答案，讓我聽到以後可以知道，你在這裡。你沒有要去哪裡，沒有要去我看不到的地方。

「常常看到男友的手機截圖裡有一些不認識的名字和頭像，想要問又沒有問，也不是不信任，就只是不安，那種很細小很沒有意義的不安。這樣的不安要怎麼讓對方知道呢？所以我來委託看看。」

解開

我好像常常做出一些矛盾的事，像是開個小帳看你的社群發文，明明是不想被你發現，卻又好像有一點希望你認得我的帳號名稱；像是到了你工作的咖啡廳，卻盡力扮演一個路人。像是說已經過去了，但看到你有新戀人的消息還是哭了。

為什麼這麼多口是心非的事？會不會心本來就是一個最緩慢的器官，而其他的都在修正它——說著不在意的話的嘴巴、頻頻看向別處的眼睛、忍住不去找你的身體。

新戀情的意思是不要再打擾了。其實我從沒有想要打擾。我只是想要做一個與你有關的人，但不需要隨時，只要在你突然想起的短暫片刻有關就好了。剩下那些無關的時間，能恰巧完成我的悲傷。

我最近做了一個夢，夢見在我們還保持聯絡的最後，我把那封沒有寄出的Email寄出去了，問你要不要出來吃頓飯。那個夢好可怕，被各式各樣的拒絕淹滿了。因為在現實，是我沒有將Email寄出去，我可以不要問你，那麼，就不一定會有可怕的結果。

你能不能告訴我，其實你在最後的那一刻仍然喜歡我、仍然在等我。都過去了，你大可以不負責任地說個善意的謊言，都會讓我比較好過一些，讓我知道我不是真的錯過，只是我先把自己放棄了。

「我們曖昧的結束像是樂曲突然停止了，沒有延長音沒有休止符，突然就散場離席。一直到現在我都還是走不出來，就算他已經談新的戀愛了，我還是在等待有人給我一個結束的符號。可以請你傳達這樣的請求嗎？」

#給P

公平

為了給自己挑選一個滿三十歲的大禮，我在飾品店來來回回逛了好幾家。飾品店的店員若有介紹，都是一個樣子，說是多重或多少顆的礦石或原石，哪一位設計師，適合怎麼配搭……聽久了覺得所有飾品都是相似的。

我在其中兩家游移了很久。第一家是小巧精緻的幾何圖樣項鍊，亮金屬色並鑲嵌了一顆看起來很像真貨的寶石，不知道是不是因為藉由機工制式生產，它的售價並不高，並且和其他飾品一併擺在整牆的飾品架上。但我還是看見了它。

第二家則是標榜純手工的飾品店。在每一個「作品」旁，商家都附寫了很長一段文字敘述，有的是選用材料的故事、有的是設計師的創作理念；有的好像沒能寫什麼，卻也還是謄上了一些像是生活理念的小格言。單價非常高。

我選了好久。

我知道很多事物其實是不能比較的。例如有人會說，第二家店是客製化精工，單價當然比較高，不能跟第一家店的大量生產相比；也有人會說，所有商品一定都有花費心思設計，所以第一家店比較便宜，並不代表它會比第二家店粗糙。

有的時候，我感覺我們提倡的「不能比較」只是為了讓自己顯得比較公平一點，好像我們什麼都能理解，我們宣告自己理解的能力，好讓後續的抉擇不會那麼有罪惡感。畢竟公平的意思一直都是，你們各有各的好，但我最後還是會選一個。

雖然我最後什麼都沒選，三十歲就這樣過去了。我只是選擇對自己不公平一點。那麼，三十一歲再說吧。

「我在二十九歲這年經歷了一段很不堪的人際，只因為同時有兩個男生追我，其中一個還是好朋友的朋友。但我遲遲沒有下決定，最後誰都沒有選，還為此跟好朋友吵架，被罵說：『不要老是想要當好人。』但我沒有要當好人啊。聽過你在講座裡分享每個人都會斷定人的價值，我很認同，但還是在遇到選擇的時候不敢坦承面對。我想要告訴自己，要堅持這樣的想法，下次勇敢一點做決定。」

#給自己

傷停補時

浪漫愛情喜劇裡總是把握住了人與人最好的相遇姿態：看完電影後在廳院外碰巧遇到，或是在長途列車的座位上那麼容易就和人攀談，彷彿這兩個人天生就是要相遇的。我卻總是想像這幾幕之外有更多互相傷害的關係及遭遇——不需要談太沉重的事，有時我騎著機車對混帳駕駛大罵「幹會不會開車啊」之後才會莫名感性地想到，搞不好這個人在世界上和我的連結就是如此了，一個髒話，一句質問。那實在有點遺憾。

我只知道那應該是一個瞬間的事情，就像我每一次在網路遊戲上和素未謀面的網友們惡言相向，什麼狗啊垃圾的都罵出來了，我沒有想到自己可以把話講得這麼難聽。準確一點來說，我知道這些話具有殺傷力，我並沒有真的想要傷害一個人，但我最終還是說出來了。好像一隻手用力抓滿了彈珠，再啪的一下一口氣撒到地上。而在放手的時候，我完全沒有想要理會那些彈珠會滾到哪裡。

我是從什麼時候相信我們應該是要互相傷害的關係？當我察覺的時候，傷口已經沒有癒合的空間了，反覆爭吵就像是屢次抓破皮膚上的結痂一樣，每一次在執意摳破它的過程裡，彷彿都先預見了之後鮮血的直流。不怕血是一件令人害怕的事，期待看到鮮血更是。

相信之後，我已經坦然接受你給予的所有惡意，也承認了自己所有惡意的回贈。你也是這樣嗎？我希望你不是，那麼錯就是在我身上了。我以後回想起這段時光，或許不一定要那麼用力。

我再也沒有能力去思考每一句糟糕的話語有沒有說出的必要了，因為思考有沒有必要說出這句話，就等同於問自己，會不會我們的傷害不是必要的？然後我就會不禁想到，我們是不是必要的。原諒我還沒有膽量說出最後的答案。

委託・50

「請幫我寫封信，給最後竟然向對方破口大罵的我們。我不知道還有什麼剩下來。」

#給我們

後記

親愛的旅人

以前，我好著迷於廣播式的留言點歌，那些對象的代號總是太過模糊，模糊到不像真的：陳先生林小姐、小瑜小傑，又或是ABCDE的英文代號和一再重複的英文名。我也曾經參與過一次點歌，那並不難，只要到廣播節目架設的網站上留下委託，不久後就能獲得回覆；再之後就能聽見自己選的歌曲在節目上悠悠播出。播完之後便可以安然睡去，彷彿內心懸宕的某份表達做了一場優雅而平靜的落地。

而如今，從原本默默無名、只待當兵的我，到此刻社群上已有里程的追蹤數，也常常給我一種什麼都能傳達出去的錯覺，所以有些時候，我其實會點開追蹤名單，去檢索那些想念但遙遠的人，是否埋藏在人群之中。

仔細想想，不論是在廣播上如隨機般被放出的歌曲，又或是一次次在創作裡偷偷寄放的情愫，怎麼可能真的被那個你碰到呢？真正看見、聽見這些的人，頂多是與你相似的其他人。我是說，世界上有這麼多人——像是，有多少人都能夠被代稱為P、又有多少人都經歷過傷心的情事。

這麼多人，卻沒有那麼多形容詞。

那麼親愛的旅人，你是否願意為可能微乎其微的相似對號入座？穿進誰的鞋子裡，或是坐進一座樹洞中，把巧合也當成自己與世界的一種關係。畢竟相似並不代表不獨特。相似的意思是，我們有一點點機會可以被彼此瞭解。

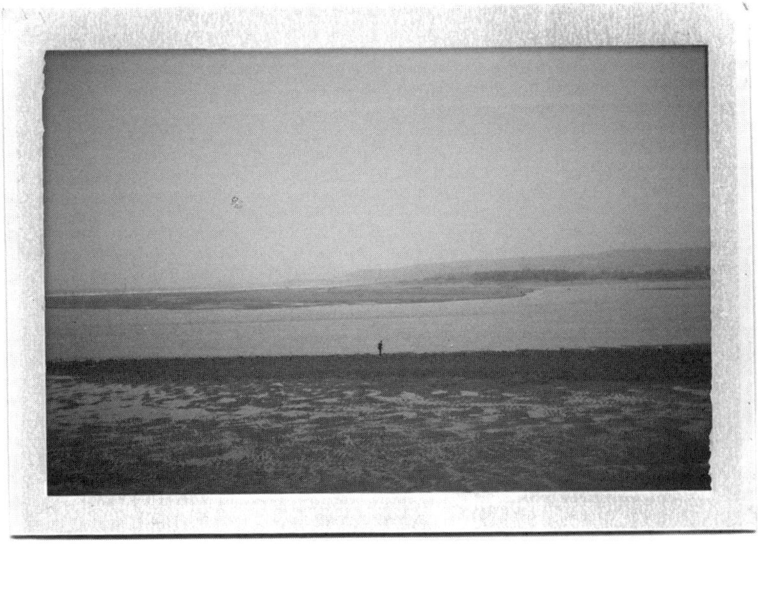

智慧田 117

在霧中和你說話

填回函雙重禮
① 立即送購書優惠券
② 抽獎小禮物

文字／攝影｜陳繁齊

出　版　者｜大田出版有限公司
台北市 一〇四四五 中山北路二段二十六巷二號二樓
E-mail｜titan@morningstar.com.tw http：//www.titan3.com.tw
編輯部專線｜（02）2562-1383 傳眞：（02）2581-8761

總　編　輯｜莊培園
副總編輯｜蔡鳳儀
行銷編輯｜陳映璇
行政編輯｜林珈羽
校　　對｜黃素芬／陳繁齊

初　　刷｜二〇二一年十二月一日 定價：三五〇元

網路書店｜http://www.morningstar.com.tw（晨星網路書店）
TEL：04-23595819 FAX：04-23595493
購書Email｜service@morningstar.com.tw
郵政劃撥｜15060393（知己圖書股份有限公司）
印　　刷｜上好印刷股份有限公司
國際書碼｜978-986179-693-2 CIP：863.57/110015852

國家圖書館出版品預行編目資料

在霧中和你說話／陳繁齊著．——初版——
台北市：大田，2021.12
面；公分．——（智慧田；117）

ISBN 978-986179-693-2（平裝）

863.57　　110015852